真故
TRUMANSTORY

真实打动世界

赶时间的人

一个外卖员的诗

王计兵　著

台海出版社

图书在版编目（CIP）数据

赶时间的人：一个外卖员的诗 / 王计兵著 . — 北京：台海出版社，2022.12（2023.5 重印）
ISBN 978-7-5168-3411-4

Ⅰ . ①赶… Ⅱ . ①王… Ⅲ . ①诗集－中国－当代
Ⅳ . ① I227

中国版本图书馆 CIP 数据核字（2022）第 202055 号

赶时间的人：一个外卖员的诗

著　　者：王计兵

出 版 人：蔡　旭
责任编辑：王　萍　　　　　　　　　　策划编辑：李芳妮
封面设计：介末设计　　　　　　　　　版式设计：曾　杏

出版发行：台海出版社
地　　址：北京市东城区景山东街 20 号　　邮政编码：100009
电　　话：010-64041652（发行、邮购）
传　　真：010-84045799（总编室）
网　　址：www.taimeng.org.cn/thcbs/default.htm
E－mail：thcbs@126.com

经　　销：全国各地新华书店
印　　刷：北京中科印刷有限公司
本书如有破损、缺页、装订错误，请与本社联系调换

开　　本：889 毫米 ×1194 毫米　　1/32
字　　数：100 千字　　　　　　　　印张：9
版　　次：2022 年 12 月第 1 版　　印次：2023 年 5 月第 7 次印刷
书　　号：ISBN 978-7-5168-3411-4

定　　价：56.00 元

目　录

Mulu

02 我母亲名叫包成珍

03 微小的事物

自 序

文学拯救了我

我一直说不清我和文学之间的关系。

1988 年，春节刚过，19 岁的我，跟随建筑队踏上了远赴沈阳打工的列车，成为那个建筑队里最年轻的农民工。那一天送我远行的父亲，一路上几乎一言不发。

建筑队里的农民工，大都是成家立业的中年人，而他们日常所谈论的话题，也无非是一些关于生活中的家长里短、江湖义气以及女人的话题。我无法参与他们话题的讨论，甚至时常成为他们消遣打牙祭的对象。

从那时起，我变得越来越沉默，越来越陷入一种孤独。每天晚上放工后，工友们都会去离工地不远的公园里散步，消遣娱乐。那个时间段就是我在打工期间最快乐的时间。那时流行一种路边书摊，在旧书摊里看书是不收钱的。每天晚上工友们去了公园，我就中途停下来坐在那里看书，直到工友从公园回来，再和他们一起返回工棚。那段时间读的书特别杂，遇到什么就读什么，也时常一个故事读到一半，工友们回来了，第二天再去，那本书就不见了。

次数多了，我突然产生了续写故事的念头，夹杂着我的一些感受和联想，用日记的方式记录下来，慢慢就形成了一种无意识写作的习惯。

后来回乡，在家乡后面的沂河里捞沙。沂河是一条季节河，水位会在不同的季节或涨或落，但水是一直流动的。在流水里捞沙，就是用一个类似于簸箕的铁制工具，从流水里把水下的沙子捞到船里，再把船拖拽到岸边，卸给前来拉沙的车辆。

所谓的船，其实就是一种最简单的用铁皮折叠、焊接而成的水上工具。捞沙的那段日子，算是我这前半生最艰苦的日子。人长时间地浸泡在流水里捞沙，皮肤会变得柔软。沙子在流水里不停地经过，和身体产生摩擦，像砂纸一样打磨着皮肤。

最痛苦的是结束一天的捞沙工作后，手和脚往外渗着血，晚上休息时，捞沙人的枕头不是枕在头下，而是垫在脚踝处，为了避免双脚和床铺发生接触。那种疼让你知道什么叫十指连心，就像是平时割破了手，然后撒上了辣椒粉的那种火辣辣的疼。

那时候，读书写字愈发成为我生活里最需要的一部分。每次去乡镇的集市上，我都会从旧书摊买回来大量的书。旧书摊的书很便宜，有时几毛钱一本，有时几元钱一堆，还可以像买废纸一样买回来。我记得那年冬天，很冷了，我还没有御寒的毛衣，父亲给了我二十元钱，让我去集镇上买一件毛衣，而我前后去了三次，三次买回了三蛇皮袋的图书，最后父亲不得不亲自去集市为我买回毛衣。

一次偶然的机会，我在一本杂志的扉页上看到了投稿地址。我以前读书从未动过投稿的念头，也从未观察过正文以外的、扉页上的那些文字。这一次，我就像一个溺水者发现了一块木板一般兴奋。我尝试性地将一篇小小说的文稿投寄了出去，没想到一投即中，也就是我的小小说处女作《小车进村》。

此后，我不断地将作品寄出，烦恼也因此接踵而来。因为我写的小说大多反映村庄里的一些真实事件，那时写作手法还很稚嫩，许多人一眼就能看出我小说中的原型，因此得罪了一些乡亲，甚至有一个乡亲因此和我父亲发生了争吵和拉扯。

父亲和我谈及此事，我只是不以为然地付之一笑。我其实已经动了写一部长篇小说的念头。当时正值桃花盛开，我们家有一块承包的桃园，父亲在桃园里用玉米秸秆建了一个看园的小屋。

小屋是尖尖的，小小的，里面只能放下一张桌子和一条铺在地上的席子。我住进了这个小屋。从桃花盛开到大雪纷飞，每天除了捞沙之外，我都窝在这间小屋里写作。不停地修改，不停地写，我为之着迷。

后来便有谣言传出，说我精神不正常。父母深为担忧，他们多次劝阻我停止写作，我依然我行我素。实际上，那时我的确处于一种非正常的写作状态，因此引发我们父子之间冲突的事还是发生了。

为了体验小说里人物的内心感受，当我构思的小说写到主人公的丧亲之痛时，我穿了一身白色的衣服，白色的鞋子，模拟披麻戴孝，彻底激怒了父亲。

第二天晚上，当我捞完沙返回桃园，突然发现那间小屋不见了，我写了二十万字的小说手稿也不见了。我赶忙回家询问父亲，父亲只淡淡地回了我一句，没看见。我再次返回桃园，在桃园的一角，发现一片新翻的泥土，扒开土层，发现了一堆纸灰。

我感觉1992年的冬天特别地寒冷而漫长。

你向佛

也注定成不了舍利

你有太多可燃的物质

你的体内有一千亩良田

你的想念是一万朵棉花

可你仍然无法将爱种进诗句

你怕文字太轻

压不住棉花的漂泊

你怕下笔太重，撕捺如刀

你的人生是轻的

因此向上

可往事很沉

所以你终将低于尘埃

烧稿件事情发生以后，将近两个月的时间，我和父亲别着劲，没有说过一句话。25年后的2017年，有一次回家探望父母的时候，正在和父母聊天，接到徐州市作家协会打来的电话，被父亲听到。我说我又开始写作了，父亲沉默了好久，然后说，我耽搁了你这么多年。父亲的这一句话像一记重锤，在我的心里猛击了一下。我竟一时语塞，不知道应该对父亲表达些什么。经过短暂的沉默之后，我们把话题岔开。

烧稿事件三个月后一次偶然的机会，我结识了我现在的爱人，彼此产生好感。

爱情是一把美好的钥匙，打开了我封闭的心结。之后，我和父亲之间做了一次，也算是唯一一次促膝长谈。我答应父亲，从此之后安心生活，娶妻生子，再不写作。第二年，我结了婚。为了生活，我和爱人远走新疆。

在新疆，我们两人过着相依为命的日子，但另一方面，我仍然放不下心心念念的写作。一段时间之后，我终于再次提起了笔，重新开始记录我的所感、所想。每当我写出一些闪亮的句子，我都会兴高采烈地念给我爱人听。

开始时，爱人还敷衍敷衍，渐渐就表现出了一种反感。在她的心里，一个男人可以大口喝酒大块吃肉，哪怕粗犷得像个土匪，也绝不可以多愁善感地闷在一个角落里写作。她甚至偏执地认为，写作是一种心思狭隘的行为。这让我死灰复燃般的写作信念，再次被兜头泼了一盆冷水。

至此，我再也没有向任何家人透露我内心对写作的渴望，生活中最近的人至此成为我写作中最远的人。此后我每天都悄悄地把自己想说的话记录下来，写完读一遍给自己听，然后就顺手丢掉。

阳光太拥挤了

只有月光

才容得下我的歌声

那么美好

大把大把的月光洒下来

我在光线里奔跑

就像奔跑在银子里

就像一个有钱人

那么美好

夜晚为我让出空间来

所有的夜色都是我的衬托

我听到有人说

看，那个外乡人

　　从新疆回来后，我们买了一台二手的翻斗车，和另外一些有着同样翻斗车的人，组成了一个十三人十三台车的翻斗车队，开赴山东，在各种工地打工。

　　一去就是七年。

　　在山东打工期间，每天天一亮就开车出发，天黑收车回工棚，日复一日，周而复始。每天晚上我都会记录一些当天发生的事情，添加一些自己的见解评论，并且有意识地进行一些文学化的处理，让它接近于小说的创作。

每完成一篇，我都会念给工友听，念完就随手丢进灶台。第二天早上，伙夫便会用这张纸做引火之物，烧火做饭。

翻斗车的工作紧张而危险，七年间，先后有两位车友因翻车失去生命。我们在悲伤中解散了车队，各自回家。

2002 年开春，我们再次离家，来到水乡江南的昆山寻找生活的出路。我们既没有技术，也没有学历，很难找到合适的工作。而我们带来的全部资金只有五百元，光第一个月的房租就用掉了八十元。

尽管我们特别节省，一天仍然需要花掉十几块钱。情急之下，就用五十元买了一辆旧的脚踏三轮车，三十元买了一块用于铺地摊的塑料布，剩下的从批发市场进了一些廉价的袜子、手套、鞋垫。每天蹲守在有建筑工地的路口，这样一个流动的一元地摊就开张了。我清楚记得，第一天营业额三十二元，第二天十八元，后来几个月的时间里，每天的营业额一直在几十元上下。

由于本钱太少，仅有的几样商品也时常出现断货的情况，遇到生意稍好一点的时候，我蹬着三轮不停地往返在批发市场和地摊之间，老鼠搬家一样不停地补货。有一次为了抄近道赶时间，冒险走一条河边的羊肠小道，结果连人带车翻进了十二月寒冷的小河里……当然，因为商品单一，大部分时候生意都非常冷清，每每这时，我爱人看摊，我就蹬着三轮四处捡拾破烂，靠拾荒维持生活。这也就是我后来笔名拾荒的由来。

人在困境的时候，思想却总是特别地活跃。那段时间似乎是我创作上思想最活跃的时期。一有空闲，我就不停地写，有时甚至一天能写出来好几篇类似于散文的文章。那时候都是写在顺手捡来的纸张上，纸箱子上，卖废品时顺便就把它卖掉。我在此时，愈发不敢让我的爱人发觉我在写作。这一生，除了父母之外，她是我唯一感到心里愧对的人。

老天爷又开始下雨

工地的日子

清闲了下来

多余的雨水

使心情也变得潮湿

趴在通铺上

我给你写信

这些年来

我们已经习惯了

用墨水打发多余的时光

让灵魂平静地走在信纸上

长久的清贫

让我们学会了节省

我们把甜蜜也节省下来

把依偎的身影节省下来

用想念腌制

以备我们未来

无能为力的老年时光

　　我们如此坚持了一年多，也硬是攒下了第一桶金，三万元。我就用这笔钱开了一间自己非常喜欢的租书店。既可以赚钱养家，又可以光明正大地满足自己对阅读的需求。

　　但是好景不长，因为不熟悉文化产品经营的相关手续及政策，没过多久小店就停业了。以前所有的努力一下子打了水漂，生活也彻底陷入绝境，连栖身之所的房租也交不起了。就在我坐在吴淞江边一筹莫展的时候，一条停泊在码头的货船启发了我，我从拆迁工地上找来废弃的木桩，打到一条废弃河床里，再钉上一些旧木板，在河面建起一间小木屋，成了我们临时的家。

　　这样的家平时还好，一到刮风下雨，到处都咯吱作响，时常还会有河水扑进来，着实令人紧张。特别是在漆黑一团的夜里，我们常常因为紧张而不敢睡觉，担心房子突然垮塌，把我们扔到河里去。每每此时，附近的居民会用手电照过来，那一束束光就会带给我们无限温暖，带给我们安全感和坚持下去的勇气。

　　我坚信在这个朝气蓬勃的城市里，肯定有很多生存之道，于是蹬着三轮从捡拾废品重新开始，一点点积累着本钱，把地摊又练了一遍。终于，在 2005 年，我们取得了一个合法经营场所，开了一家正规的日杂店，日子逐渐步入正轨。后来，我们不断地增加商品、扩大经营范围，经过十年的努力后，买了房子，在这第二故乡，有了一个正式的家。

与诗歌结缘，源于我们家买来的第一台电脑。电脑买来后，我在空闲的时间偶尔也会上网，在 QQ 空间里写一写日志。这是一种新的体验，充满神奇和诱惑。也正是因为不熟悉电脑的各种操作，我打字特别困难。为了节省打字时间，每一篇日志就开始变得精简。有时几句话，有时十几句话，写作方式渐渐和小说脱离。时常有人问我是从什么时间开始写诗的，这就应该是我真正开始写诗的起点。

网络经济的快速发展，对实体店形成了挤压，实体店里的生意逐渐缩水，持续下滑。2018 年夏天，一个百无聊赖的午后，我在隔壁负责外卖公司电瓶车销售的销售点和老板聊天。恰逢此时，外卖公司的负责人也在那里和老板聊天，我便顺口问道，我可不可以送外卖啊？

负责人说，当然可以。

于是，他在我的手机上下载安装了外卖平台的软件。回到店里，我和爱人正在研究外卖软件的使用方法，此时一个外卖信息出现了，一个熟悉的顾客顺手帮我点下了抢单，并告诉我抢单成功，抢下了单要及时配送，不然就会被罚款。而那时，我对外卖送餐仍然一无所知，于是赶紧抓起手机，根据手机提示的订单信息，用最原始的方式，骑着电瓶车在各个路口一路打听，找到了那家快餐店。在快餐店老板的帮助下取单成功，再用同样的方式一路打听，找到了下单的顾客，在顾客的帮助下完成了送单。

就这样，我开启了神奇的送餐之路，随后便正式踏入了外卖行业。虽然最初一段时间每天跑单极少，可是抱着不为赚钱的心理，出门散心，一路看着风景，像一个旅游者，以轻松的心态开始了我愉快的行程。

实际上，没有哪一个外卖骑手是轻松的，我们都在时间的路上和分针秒针比速度。一天晚上，我收到一个外卖订单，当我徒步爬上六楼敲开房门的时候，才知道顾客留错了地址。重新联系顾客，顾客给了我一个新的地址，送达新地址，发现第二次的地址还是错的，再次联系顾客，又发给我了第三个地址。最后气喘吁吁地第三次爬上六楼，才把餐准确送给了顾客。

那天晚上，我因此超时了三个订单，一一向顾客道了歉。然而，我不需要做出过多的解释，因为这就是我的工作。下班回来的路上，我写下了这首《赶时间的人》。

> 从空气里赶出风
> 从风里赶出刀子
> 从骨头里赶出火
> 从火里赶出水
>
> 赶时间的人没有四季
> 只有一站和下一站
> 世界是一个地名
> 王庄村也是
>
> 每天我都能遇到

> 一个个飞奔的外卖员
>
> 用双脚锤击大地
>
> 在这个人间不断地淬火

送餐的路上，危险的事情时有发生。有时在夜里接到陌生路段的订单，而乡下还有一些没有路灯的漆黑路段，虽然有车灯照耀的光，但是陌生的路上，时常会有你意想不到的事情。

一次，骑行在一条乡下的小路上，草丛里突然蹿出来一条狗将我撞倒，险些翻进路边的河道。

还有一次在雨中，当骑车经过一座天桥时，平时干爽的路面突然变得特别湿滑，在下坡的时候，我下意识地捏了一下刹车，然后车辆失控，从天桥的斜坡翻滚了下来。那一次我扭伤了脚踝，在家休息了一个礼拜才恢复送餐。

最危险的一次送餐经历，也是一个晚上，我敲开一个订单地址标注的房门，一个醉醺醺的彪形大汉把外卖拿了进去。之后，顾客突然打来电话，说地址写错了，错写成了前男友的地址，让我送到新的住址。我二次返回去索要外卖，门一开便被那个醉醺醺的男人一把揪住了衣领，在房间里来回拉扯。

他的力量非常大，我几乎昏厥，幸好有一个和他一起喝酒的人从中劝解，把外卖悄悄递给我，我才得以脱身。离开之后，我感到特别委屈，而冷静下来之后，想起那个醉汉双眼含满了泪，又让我换个角度体会到了这个男人的痛苦。

我把外卖送给订餐的女孩后，和她说，他好像挺在乎你的。

一句话，让那个女孩瞬间红了眼眶。而我心中的郁闷也在那瞬间烟消云散，因此写下了这首《请原谅》。

请原谅，这些呼啸的风

原谅我们的穿街过巷，见缝插针

就像原谅一道闪电

原谅天空闪光的伤口

请原谅，这些走失的秒针

原谅我们争分夺秒

就像原谅浩浩荡荡的蚂蚁

在大地的裂缝搬运着粮食和水

请原谅这些善于道歉的人吧

人一出生，骨头都是软的

像一块被母体烧红的铁

我们不是软骨头

我们只是带着母体最初的温度和柔韧

请原谅夜晚

伸手不见五指时仍有星星在闪耀

生活之重从不重于生命本身

当然，所有的付出都会有回报，当你经历了磨难而回首时，你会发现，每一段磨难都是对你的历练，都是你不可多得的人生财富。越是灰暗的从前，越会成为照亮未来的光。

开始送外卖之后，我的诗歌从风格和视角上都发生了很大的转变。

真正影响到我写作生活的是 2019 年参加的某个诗歌大赛，要去领奖了，我才向爱人坦言，我在写作。

爱人看了我存在空间里的诗歌已经达到了几千首后，也终于理解了我对文学的一种挚爱。领奖回来后，我用那笔奖金加上我的一些外卖收入，第一次阔绰地为爱人买了一件数千元的衣服，以表达我内心的愧疚。这也是我爱人最奢华的一件衣服。

　　邻居送来的旧沙发

　　让妻子兴高采烈

　　她一面手舞足蹈地计划着

　　给沙发搭配一个恰当的茶几

　　一面用一本一本的书垫住

　　一条断掉的沙发腿

　　我在卫生间，用清水洗了脸

　　换成一张崭新的笑容走出来

　　一直以来

　　我不停地流汗

　　不停地用体力榨出生命的水分

　　仍不能让生活变得更纯粹

　　我笨拙地爱着这个世界

爱着爱我的人

快三十年了，我还没有做好准备

如何在爱人面前热泪盈眶

只能像钟摆一样

让爱在爱里就像时间在时间里

自然而然，嘀嘀嗒嗒

　　几十年来，除了父母，没有任何人比文学陪伴我的时间更久。文学在我的心里早已超出了文学本身，她是我心里的一口人，是我最亲密的人，无话不说的人。每一次写作就像照一次镜子，都是我对自我的一次对话、审视和定位，她会不断地提醒我要做一个好人，不断地修正我的过失。

王计兵

2022 年 8 月 4 日

**** 01 赶时间的人 ****

创造时间: 2020—12—18　20:31

备注: 本章记录了作者在异乡漂泊的见闻, 即将超时的订单、出租屋里奢侈的月光、深不见底的夜……

------------------ 其他 ------------------

赶时间的人

从空气里赶出风
从风里赶出刀子
从骨头里赶出火
从火里赶出水

赶时间的人没有四季
只有一站和下一站
世界是一个地名
王庄村也是

每天我都能遇到
一个个飞奔的外卖员
用双脚锤击大地
在这个人间不断地淬火

春天的车轮

三年了，三个春天
如同横梗在路上的三块石头
这辆马车每颠簸一次
车上就会掉下一些
花样的人群

三年了，三个春天
让三万朵蓓蕾
一朵比一朵开得苦涩
当骑行在铺满春色的路上
凝视她们珍珠似的眼泪
在风中欲坠
和欲言又止的神情
我便有了长叹的借口

三年了，父母相继离世
如果，真的有另一个人间
三岁的父亲
也许正领着一岁的母亲
蹒跚在稚气满满的路上
也许正掐下一朵鹅黄
别在母亲斜偏的衣襟

如果，真的有另一个人间
父亲母亲，请你们
掉下两朵花瓣给我看吧
给我，一个刹车的理由和一个
可以痛哭失声的傍晚

新寺庙

不能确定，我是不是
第一个跨进寺庙的送餐人
大雄宝殿众神就位
居高临下
只俯视着我一个人
这是一次绝好的机会
如果我许愿
必能额外得到提前兑现
不用夹在长长的队伍里
等待叫号
像某些窗口前众多排队者中的一员
可我并不准备跪拜
时间在催
我还有许多单子需要及时配送
此刻，我才是菩萨
面对众多的许愿人

墙

一次意外，铁皮锋利的边缘
割断了我右手小指的肌腱
后来，这个小指慢慢弯曲僵硬
仿佛身体上多出来的一个钩子
这很好，方便我悬挂
生活里突然多出来的外卖
那些滚烫或冰凉的外卖
时常挂在钩子上
让我看上去更像是一面行走的墙

赶单

见缝插针
实际上，很多时候
生活平整得像一块木板
骑手是一枚枚尖锐的钉子
只有挺直了腰杆
才能钉住生活的拐角
弯钉不行
每一根弯钉都会被丢弃
或者承受更猛烈的敲击
重新取直

生活像一种家具
每一件，都需要很多
工整的钉子

请原谅

请原谅，这些呼啸的风
原谅我们的穿街过巷，见缝插针
就像原谅一道闪电
原谅天空闪光的伤口
请原谅，这些走失的秒针
原谅我们争分夺秒
就像原谅浩浩荡荡的蚂蚁
在大地的裂缝搬运着粮食和水
请原谅这些善于道歉的人吧
人一出生，骨头都是软的
像一块被母体烧红的铁
我们不是软骨头
我们只是带着母体最初的温度和柔韧
请原谅夜晚
伸手不见五指时仍有星星在闪耀
生活之重从不重于生命本身

无题（一）

每次过安检
当检测器与我近距离接触
我都感觉自己是一块土地
正被搜索身体里的地雷
我都会下意识地屏住呼吸

那个人

开门的是奶声奶气的孩子
他仰着脸仔细瞅了瞅我
转头喊：妈，那个人回来了

一年未见
儿子还是我的儿子
媳妇还是我的媳妇

只有我
从爸爸变成了农民工
从农民工变成了那个人

梦

在电话里，女儿大哭
骗人，我没有梦到妈妈
连爸爸也没有梦到
妻子抬头看我
泪在眼眶里打转
我故作轻松地吹了声口哨
其实
最不可靠的就是梦了
离家时我们答应
到女儿的梦里去
却一次也没有启程
倒是五岁的女儿，不远千里
一次次跑到我和妻子的梦里来

称重

在我上班的路上
每天都会经过
一个废品回收站
一个药店，一个美体店
本是风马牛的三家店
却都在门前放置了磅秤
于是，一路上
我的体重就分别是
122、132、142。就像
每天我以报废之躯出发
经过药店的矫正
成为一个精力过剩的人
晚上再按原路返回
把一个精疲力尽之人
拎回家中
如同拎回一件可回收的
生活报废品

减速

自从母亲知道
电瓶车的把手上有三个键
低速，标准，超车
可以控制车速
每次出门前
我都会发现
按键控制在低速上
每次我都会缓慢离开小区
作为一名
和秒钟抢速度的外卖骑手
在母亲面前
不得不缓慢下来

月光下

阳光太拥挤了
只有月光
才容得下我的歌声
那么美好
大把大把的月光洒下来
我在光线里奔跑
就像奔跑在银子里
就像一个有钱人
那么美好
夜晚为我让出空间来
所有的夜色都是我的衬托
我听到有人说
看，那个外乡人

这大片的麻雀落下来

这大片的麻雀落下来
多像
上天写下的标点。将我前半生的
绵延红尘，分割成长短不一的想念

这一群翅膀落下来
让我的内心里的荒野，突然长满
待收的庄稼

春节快乐

站在空荡荡的马路
喊自己的名字
就像喊一个亲人
就像母亲喊自己的孩子
于是，整个异乡就升起了炊烟

退行的火车

我坐在背对行驶方向的座位上
以退行的方式回家
以火车的速度退向父母
仿佛生活的一次退货
一个不被异乡接收的中年人
被退回故乡
另一列火车
在我体内，也在全速后退
仿佛看不见的马群
它们踩得大地震动
从远方而来
犹如滚滚雷声
我不躲闪
它们也会绕过我
当我置身于马群中间时
马群集体嘶鸣

四蹄腾空
退行的火车不断地加速
所有的事物都在尖叫
一切都变得柔软，晶莹
易碎

绿皮火车

那个蛇皮袋子里
一定装有煎饼，煮鸡蛋
花生，瓜子和少量的钱
那个蹲在车厢结合部的少年
皮肤很白
让我想起了自己
初次出门时的样子
我猜在他的贴身口袋里
一定还有一把好看的木梳
火车启动时他的母亲
一定一直追着车窗
不停地喊

异乡人

如果给我一双翅膀
就让我做一只麻雀吧
没有人可以给我画地为牢
也不能为我定下天空边境

麻雀大面积起飞
从一片树林投入另一片树林
没有人能说成一场迁徙
也不能给它们定义异乡和故乡

每天傍晚，大片的农民工们
从一段墙的豁口处涌出工地
我都在给这些灰色的身影
虚构出一双双翅膀

当黑夜漫上来

大雪也需要努力地白着

那些栖息在白枝上的麻雀

多像不能落定的尘埃

请叫我王计兵

我不叫兄弟
兄弟在别的城市
我不叫父母或孩子
他们都在乡下

我明明一动未动
名字却跑丢了
你可以叫我：上一个
也可以叫我：下一位

我的诗

如果说送外卖的生活是苦的
是日子里喝下的药
毫无疑问，我的诗
就是药后吃下的那颗糖
良药苦口。而糖的余味
贯穿着岁月的甜蜜
和那些无忧无虑的童年时光

我笨拙地爱着这个世界

邻居送来的旧沙发
让妻子兴高采烈
她一面手舞足蹈地计划着
给沙发搭配一个恰当的茶几
一面用一本一本的书垫住
一条断掉的沙发腿
我在卫生间，用清水洗了脸
换成一张崭新的笑容走出来
一直以来
我不停地流汗
不停地用体力榨出生命的水分
仍不能让生活变得更纯粹
我笨拙地爱着这个世界
爱着爱我的人
快三十年了，我还没有做好准备
如何在爱人面前热泪盈眶

只能像钟摆一样

让爱在爱里就像时间在时间里

自然而然，嘀嘀嗒嗒

写给自己的句子

你向佛
也注定成不了舍利
你有太多可燃的物质
你的体内有一千亩良田
你的想念是一万朵棉花

可你仍然无法将爱种进诗句
你怕文字太轻
压不住棉花的漂泊
你怕下笔太重，撇捺如刀

你的人生是轻的
因此向上
可往事很沉
所以你终将低于尘埃

招魂帖

我遭受的白眼
像白云一样多
赔出的笑脸
像星星一样璀璨
这些明亮的事物
保持着我在人间的晴空

我也有自己独立的国度
我沸腾的血
就是我奔流不息的江河
我嶙峋的瘦骨
就是我耸立的山川
我还有辽阔的皮
如同黄土

所以我也时常阴沉着脸
以便让我的疆土风调雨顺
偶尔也会大发雷霆
用来守护我完整的边境
用来
保证我的国泰民安

绕路

每次回老家，离开之时
我都会交代送我去车站的人
绕行三公里
经过一家药店
我女儿出嫁后
在那里上班

每次经过药店
我都能看见女儿
在药店里忙碌
我不下车，不和女儿告别
电话里我们已经告别过了

此前，离家时
是母亲站在路边
目送我，从视线里渐渐消失
我不想把这种送别转移给女儿
她还年轻
离白发还有很长的岁月

目视那家药店
从视线里慢慢模糊
仿佛是女儿渐渐走远

而我一动不动
更像一位年迈的父亲

捉迷藏

有时导航有误
有时地址不详
有时电话无人接听
生活里的小意外
像儿时的草垛
门后，墙角
提供着恰如其分的藏身之所
每一个订单的背后
都隐藏着一个老人，少年
阿娇或小芳

人生总充满着惊喜
只要寻找
都会与岁月再一次含泪重逢

故乡月

当农活闲下来
月亮也不再慌里慌张
悠然地揣着云朵的口袋
我敢保证
嫦娥也是俏皮的小丫头
两个牛角小辫上的红头绳
遗落在刚刚路过的晚霞里
和我们一起唱
"青石板，石板青
青石板上钉银钉"

那时父亲取出的火柴
是唯一推开夜的黑抽屉
轻轻一划
所有的童年就亮了

妻子的诗歌

妻子说
你的呼噜越来越严重了
不是折磨，简直就是折纸
有时我被折成一个纸船
在浪里荡漾
有时折成纸飞机
在空中翱翔
有时什么也折不成
就是把一张纸反复揉搓

对此我深表歉意
只能在早晨的一杯牛奶里
把吸管折出
妻子最容易吸食的弧度

银婚

亲爱的，我们不穷
月光穿过玻璃破裂的小西窗
折成一屋的碎银子
堆满我们扎着铁丝的小木床
你的鬓发和微鼾
就有了贵金属的质地

我们的棉被
一如既往地从中午
就捂住了阳光
一根根滚烫的金条
当年一诺千金的语言
正在兑现
今夜，我们是最富有的两个人

小别离

岳母来了
你依偎着妈妈
重新做回了
一个闺女，该有的样子
你喊娘
声音仍然那么甜
就像回到了小时候

今晚
我住客厅
你发来的表情包
像一本书的插图
你说老鬼
别忘了吃药
黄的两粒，白色一片

致爱人

老天爷又开始下雨
工地的日子
清闲了下来
多余的雨水
使心情也变得潮湿

趴在通铺上
我给你写信
这些年来
我们已经习惯了
用墨水打发多余的时光
让灵魂平静地走在信纸上

长久的清贫

让我们学会了节省

我们把甜蜜也节省下来

把依偎的身影节省下来

用想念腌制

以备我们未来

无能为力的老年时光

挨刀杀的

和老婆赌气
没等她把话说完
我就摔门而出
就听她在后面叫喊
"挨刀杀的……"
外面正在下雨
雨水很凉
真的像刀子一样
我跑得越快
刀子挨得就越多
我想，坏了
这次被她诅咒到了
再想，不行
我不能死得不明不白
我得回去问问她
下面一句是什么

玫瑰花和萝卜

玫瑰花和萝卜

家珍没有把我送的玫瑰花放在鼻子下面
家珍不知道我给玫瑰花洒过了花露水
家珍让我吻她，家珍仰着脸
家珍的左腮上面有一颗淡红色的痣
像针尖。我问家珍疼吗？家珍说小样吧
家珍说吻就是亲嘴，又不是咬耳朵
我说我们家的萝卜又大又甜
家珍说明晚就去我们家的萝卜地

来信

家珍说深圳的萝卜真好看
趴在宾馆的盘子里像凤凰
家珍说深圳的玫瑰花真贵
一支能抵我家的一院子
家珍还说想我了
家珍说她只相信我一个人

写诗

在练习册上写
就像在一条条道路上
排列士兵

在方格本上写
又像用一座座监狱
关住一个个战俘

只有田字格
才能把人平躺在十字架上
被交叉的虚线正确包扎

这些年
我心里的诗歌
早已如同浩浩荡荡的军队

有时
我也会把烟头摁灭在稿纸上
像是战争留下的伤疤

出租屋的窗外落了一只麻雀

不能和我谈论乡情就请不要来

不能和我称兄道弟就请不要来

不要站在我的窗子外

隔着玻璃看我

隔膜已经够多了

何必还假装得如此透明

有事就请进来说话

说说村庄，河流，田地里的庄稼

能不能完成的我都全部应下

然后再在夜里失眠

我愿意这样

为乡情所困

而不是现在

用一层玻璃把两个同样弱小的生命隔开

离得这么近都不能相依为命

看得这么清也毫不相干

夜

要经历多少黑暗和火焰
才能把生冷的日子烤软
烤甜。要用多少裂开的伤口
汇成河流，才能把冰霜融化

你在结冰的路面反复打滑
迟滞于一段接踵的减速带
多像一只前世的笨鸟
用翅膀护住一筐待烤的红薯

这些红薯，如同一个个鸟蛋
明知道不会孵化
你依然一只只地放进烤箱
虔诚如同信徒

兄弟，我用一单外卖的报酬
换一块红薯，换一块滚烫的土地
咱们唠唠这雪，这夜
这东方将至未至的鱼肚白

水开了

炉子上的水开了
但是我并不打算把水壶拿开
或者把炉火关掉
我让水壶尖锐的哨音
像一把剑，指在
你不在家的这个夜晚
连时钟的声音也像马蹄
挤满八个平方
三步开外就是异乡

只要推开窗
黑暗就迎面杀来
灯光走不了几步就倒下了
倘若此时还有什么涌上心头
那么脱口而出的就是担心
说好的，两天就回来
却又把两夜拽得像两年一样长

今晚我没有喝酒
顺着下半夜的坡度一路俯冲
一把剑一匹马一个人
蚊子欠我一个平安夜
我欠蚊子一口养命的血
炉子上的水还在开

风中的承诺

经常能遇到，一群一群
拖着大包小包的人
在火车站的广场上席地而卧
如同一片片倒伏的庄稼
每次
我都想弯腰扶起他们
并踩实周围的泥土
可我已进城太久了
已无法像我的父亲
一面流泪，一面从泥水里
拉起一株株倒伏的玉米
这让我是多么的羞愧
就像一棵树，一生都长不出翅膀
却一年一年地在风中挥舞枝条
不停地落叶

时光如水

夜深不见底
星星和灯光
怎么看都像是漂浮着
我在房间里走来走去
一些旧事物不断明亮
它们紧紧跟随我
如同跟随一块鱼饵

一个人开灯
光线被浪费
把自己丢在哪儿
都像是一块渐渐下沉的旧毛巾

探险者

我总想在这个世界改变什么
因此不停地翻山越岭
像一把刻刀
想把山山水水雕刻成佛的样子
菩萨的样子
可是几十年来，
除了刻出半生沧桑
满脸的皱纹
愁云仍然笼罩山川
世界留给我的时间
已经不多了
河山也在改变我
想把刻刀磨成一支毛笔
磨出一曲起伏的赞歌
我留给江山的时间也不多了
我和世界就像是两个半成品
还在这个人间，对峙着

腹痛

疼痛来自于肠道内部
一阵一阵不明原因的躁动
像谋反
一群不安分子的揭竿起义
领头者是葱，是蒜
或是一份午餐里的某个颗粒
现在他们群情激奋
振臂高呼

但是我还无法躺平
或侧卧，以示安抚
我正在全力以赴地应对
指派单，顺路单，快送单
应对导航产生的误差
和一条正在翻修的老路
我和腹部互为疼痛
互为无法救援的友军

傍晚，在河边

五十岁了
我想应该老了，或者开始变老
就像一条初冬的河
开始覆盖一层薄冰
覆盖夏日的激情

现在只需要一块石头或者半块砖头
轻轻一抛，就足以将平静打破
出于本能，想到老年的脆弱
我感到一种悲凉
想起当初在笑声里打过的水漂
像燕子一样轻盈

是该老了
我不想打破现有的寂静
甚至有点怕

此刻，我只想做一层冰
用表面的坚强掩盖深处的软弱
掩盖涌动的激情
让它们沿着表面的惯性
一点一点地变硬

瓦刀

从人民路拐进幸福大街
挂在腰带上的瓦刀
不停地拍打我的臀部
十几年了
也没有把我砌成一堵墙
四月阳光美好
该发芽的都在发芽
该怒放的都在怒放

满大街都是手无寸铁的人
让我突然产生出优越感
一个又一个城市
允许我名正言顺地携带"刀具"

路

群峰
看上去道路崎岖难行
总可以翻山越岭
水面
看上去一马平川
却已是寸步难行

春天的孤独

我喜欢那些未被命名的事物
比如一片无名的土丘
一个新生的婴儿
一些来路不明的林中小屋
这些事物
可以用我喜欢的词语给它们命名
建立滴血认亲般的关系

这棵去年移植过来的银杏树
据说是百年老树
一棵历经风雨的老树
一进城被刀砍斧劈剪去枝叶
光秃秃地站着
有风吹来也不声不响
呆呆地自顾自出神

多像我偏瘫的母亲
一进了城就闷闷不乐
一天一天独坐阳台
想念乡下的从容岁月
想念我父亲
无边无沿的银杏园
和我父亲坟前的青草

拳拳之心

的确
心只有拳头那么大
大多时候紧攥着
给我力量和勇气
有时也会突然张开
一次，当我站在
一面橱窗前
它就突然展开手指
啪啪扇我耳光

小村庄

把省剥下来
把市剥下来
把县把乡都剥下来
剥掉所有的包装
我随身携带的小村庄
像一粒药片

故乡的尺寸

只有拉开异乡这把尺子
才能量出故乡的尺寸
尺子拉得越长
故乡就越短
如果你把尺子一直拉下去
别量了
故乡就是你
你正好等于故乡
哪怕你很小
而故乡很大

除了黑还剩下什么

天空是黑的
除了星星
马路是黑的
除了这座桥
眼睛也是黑的
除了泪水
夜更是黑的
除了一个人
一个人在黑路上行走
如同黑纸上签下的白字
在夜的契约里
把自己典给了异乡

练习

我常常在内心画出一条分界线
对自己说，那边，属于从前

内心后来被一条条横线
画成了练习册

现在我用练习册写诗歌
偶尔也用手稿的背面
教儿子一道并不复杂的数学题

呼喊母亲

在异乡寂寞的时候
我会在无人的地方
一遍遍呼喊自己的小名
"三儿，三儿"
喊着喊着，就把母亲
从心里喊了出来
然后就一人喊
"三儿，三儿"
一个人答应："哎"

两条铁轨

两条铁轨
像两条大蛇
时而剧烈扭动，时而平静穿行

直行时像等于号，扭动像约等于
一边等于故乡，一边等于异乡
一头约等于父母，一头约等于孩子

****02 我母亲名叫包成珍 ****

创造时间：2021—03—21 21:32

备注：本章记录了作者对父母、家乡的回忆。母亲一生操劳，却对生活充满感恩；父亲患癌却不自知，在最后的时光里依然积极生活……

------------------ 其他 ------------------

我母亲名叫包成珍

从我记事起
我父亲叫她，嗨
长辈们叫她，丙现家的
而晚辈们叫法各异
我则一直叫，娘
没有人叫她，包成珍

直到我开始上网
直到网站设置安全提问
我的答案是，包成珍
我从不设置自动登录
我一遍遍输入母亲的名字
包成珍，包成珍，包成珍

三八节，给母亲打电话

这一天让所有的女性放光
女儿收到男朋友的红包
一面炫耀，一面怂恿我
拨打母亲的电话

七十多岁的母亲在乡下
虽然女儿反复说明
母亲还是不明白
既不是我们兄弟三人
和一帮孩子们的生日
也不是二十四节气
平白无故过什么节

想想也是的，母亲
童年时
您就不是女儿是孤儿
青年时我的父亲身负重伤
母亲，您不是媳妇是劳力
五十四岁中风偏瘫，母亲
您不是女人是病人
此后的岁月进入风烛残年
这一生除了身体，母亲啊
您竟和女性毫无相关

我有些懊恼
不该听从女儿的蛊惑
在这女性天堂般的日子
拨打了通往地狱的电话
可我还是忍住了泪水
对着话筒说了句
节日快乐

过号不候

在医院候诊大厅
播报了三遍 156 号包成珍
又叫了 157 号之后
我才突然惊觉
包成珍是我母亲
但是那个漂亮的女护士
礼貌地阻止了我们
"对不起，请重新排队"

长期以来，我习惯了叫娘
却忽略了娘还有一个官方称谓
把经过了漫长等待的包成珍
从队伍的前头
再次拉到了队伍的后面

幸亏

母亲刚出生
姥姥就死了
幸亏还有姥爷

母亲八岁
姥爷死了
幸亏还有野菜

母亲三十二岁
我父亲遭遇车祸致残
幸亏留住了一条命

母亲五十四岁中风
幸亏生活还能自理

母亲七十五岁患癌
幸亏多活了几年

母亲这一生

对生活充满感恩之情

每当和我提起往事

就会幸亏连着幸亏

仿佛自己是天下最幸运的人

直到如今

只要我忆起母亲

一个个幸亏就会林立如森

就会有阳光穿过缝隙

明亮如刀

锋利如刃

大海（一）

选了好多家

才选到这处

有着大海背景墙的照相馆

无论摄影师怎么创意

只要一拿起相机

母亲就立刻正襟危坐

无奈之下

只好拍了一张

波涛汹涌的大海

和庄重严肃的母亲

想想也对

面对波澜起伏的一生

母亲又何尝不是大海

在镜头里

母亲偏瘫的右半侧

已经平静得像

岩石林立的海岸线
而迟缓的左半侧
海浪正在退回大海

遗嘱

父亲曾叮嘱我们

好好照料母亲

叮嘱母亲，好好吃饭

和父亲的遗嘱不同

母亲卧床之后

曾一次次设想

葬礼的场面

和葬礼之后的杯盘狼藉

一遍遍叮嘱我们

应该注意的事项

应该防备的人

叮嘱我们

那些空纸箱，空瓶子

一定要及时收纳

母亲说，葬礼之后

第二天，必然有人

上门回收

飞白

天地打铁，时光飞白
我们看到的
只是很小的一部分
更多的白
是母亲
自言自语的唠叨
被我忽略

老房子被雪压塌那年
母亲徒手扒开屋顶
黑暗的白
冲着我们露出
更白的笑容

白的分量
每增一分
母亲就矮下去一寸
所以我一直不愿意用"白"
形容母亲

可白天确实很白
太阳每天丢下白漆刷
进入暗室拎取新桶
晚霞伸出一万条手臂
还是抓不住天空

我用了几十年的时间
向西奔跑。不过是想
在最近的距离
抱住最后的光线
也许，母亲的头发
就不会那么白了

母亲决定和我们去城里小住

快发车了
又从车窗伸出手来
给父亲
别忘了吃乌龙（胶囊）
别忘了吃波依（舒缓片）
别忘了吃盘龙（七片）
……
两位老人手拉着手
把命里的苦又传递了一遍

父亲仰着脸

这一生，父亲几乎没有仰脸

看过母亲。借助汽车的高度

母亲的白发不断垂到父亲的白发上

多像他们雪上加霜的一生

秋天时令尚早，大雪尚未动身

而这白发却已白得如此锋利

如同季节磨亮的凶器

老娘

老娘真的是老娘了
我喊娘
娘说哎
我说怎么样
娘说哎
我说您怎么了
娘说哎
娘把一只手放在耳朵后面
形成了一道墙
把自己和世界的声音隔开

我喜欢一声接一声地喊娘

让母亲落泪的
一直是我早亡的姥爷
母亲七岁，姥爷死于疾病
而更早死去的姥姥
母亲并没有记忆
母亲向我们讲述的姥姥死于饥饿
就像讲述一堆干柴死于燃烧
母亲很少喊娘
就算哭诉也从不喊娘
据说我们兄弟三人牙牙学语
都是先喊了爸爸，奶奶，爷爷，姑姑
最后才学会了喊娘
所以后来
我们才会加倍地喊娘
一声喊给母亲
一声替母亲喊给母亲

裂

娘煮熟的鸡蛋
正被儿子逐个捏碎
轻微的骨裂声
带着软乎乎的温度

几十年了
只要有人出门
娘只知道煮鸡蛋
尽管现在老得有点糊涂

我没有告诉娘
她的孙子讨厌鸡蛋
也没有阻止儿子
把鸡蛋继续捏碎

我只是把头垂得更低
让泪水低于前生
让身体接近于圆
像一个问号

扉页

很少仔细观察过母亲
竟然那么瘦了
轻微的呼吸似微风
母亲起伏着
像一张纸
那些曾经熟悉又美丽的曲线
仅仅留下了一些岁月的折痕

从未如此安静地观察过
安睡中的母亲
竟然如此陌生
从未想过母亲
会像一本书的扉页
在长期的阅读习惯中
一直被我忽略

母亲已习惯喃喃自语

女儿的这一发现
着实吓了我一跳
阳光下的母亲
微微低头，嘴唇颤抖
不靠近，就听不到
母亲。类似于蜜蜂的嗡鸣
母亲正在喃喃自语
宛如昨天还声如洪钟
喊我呼我训斥我的母亲
突然，丢失了命里的银铃
阳光的铁在半盆清水里
不断溶化
波光反衬着母亲斑驳的脸
那旁若无人的自语
仿佛来自于菩萨
不断慈悲的内心

声控灯

母亲生前房间的拉线开关
被大哥改成了声控灯
大哥喊一声，娘
声控灯没有反应
大哥提高嗓门再喊一声，娘
灯就亮了
大哥说，咱娘就是这样

抱偏瘫的母亲过水坑

由于用力过猛
我差点仰面摔倒
差点把母亲抛出去
太轻了。母亲
在长久的等待中
像水果
耗尽了自己的糖分

我应该顺势跪下来
多么好的机会啊
我应该抱着母亲
顺势跪下来。像一种仪式
把母亲呈现给老天看看
看看哪，老天
这就是我的母亲

一根芦苇

一根弯下去的芦苇
俯向水面
像一把竹椅的扶手
水是平静的
接近不动声色

芦苇越用力就越折疼自己
每完成一次鞠躬
水面就多出几道皱纹
芦苇抬头时就有泪一样的水珠滴下来
水面就会跟着抽泣

即使活不成竹子
也依然满怀虚空
我不向母亲表达歉意
做一根挺拔的芦苇
不鞠躬，只在风中摇晃
像一次次分离和重逢

娘没有了

包成珍

1941.12.12—2020.11.09

娘，您襁褓丧母
幼年丧父
饱受人间凄苦
为什么，还要
把我弃为岁月的孤儿

车站

母亲向我走来
脸上的皱纹打开
宛如花朵
从春天的柴扉向我走来

母亲向我走来
大口喘息
宛如刚刚放下镰刀
从盛夏的麦田向我走来

母亲向我走来
身体侧立，一瘸一拐
宛如从秋天的田垄
扛着沉重的高粱向我走来

母亲向我走来

满头白发

宛如从冬日的村口

顶着漫天大雪向我走来

母亲向我走来

宛如大树向飞翔的小鸟走来

宛如高山向流动的河流走来

宛如站台向行驶的列车走来

宛如身体向一颗心脏走来

我喜欢把父母写进诗歌

我喜欢把父母写进诗歌
喜欢他们成为闪光的扣子
扣住我最初的赤裸和不安

我喜欢父母在文章里
喊我三儿
一声接一声地喊我

我喜欢母亲微微含笑
喜欢父亲不怒自威
我喜欢父母同时伸出食指

端正我的鼻子

我喜欢这种感觉，父母在
我就不会沦为文字的孤儿

父母爱情

被打的母亲
双手抱头
圆滚滚的
像一根木头
有时
双手只能捂脸，捂眼
捂嘴，发出呜呜的声音
像风刮过树林

被打的母亲
只在夜里才发出哭声
在漆黑的田野
在姥姥的坟前喊娘
那时我还小
如同一枝嫩芽
保持着春天

被打的母亲信命

像有的植物是树

有的植物是草也是命

命让母亲嫁给了父亲

打和被打都是命

包括后来

我们繁茂如树林

母亲偏瘫如北坡

唯有父亲日夜照料母亲

如夕阳不遗余力撒下金粉

母亲说，这是命

你爹的命

老伴

她怕说出的话，太轻
风一刮就散了
还是写信，白纸黑字
像钉下的钉子

相隔几十年
她重新拿出心事
让笔尖跑在一条条横线上
仿佛自己踮起小脚
重新在道路上奔跑
耳边就有了岁月的风声

太快了！这样想时
日子真的就慢了下来
慢成了轻轻落下的白发
慢成一字一句的叮咛

人生的高度

七十八岁的父亲一面收拾碗筷

一面用手掌擦去

母亲下巴上沾着的饭粒

七十七岁的母亲仰着脸，不嗔不喜

偏瘫之后，二十六年

唯有父亲每日照料着母亲

如同照料长不大的婴孩

唯有父亲的照料

母亲才享受得这么心安理得

一天一天，越来越佝偻的

父亲像不断拔高的山

而偏瘫着的母亲

恰如其分地依附着父亲

仿佛山的绵延

椅子

当我从医院回来
父亲把他那把自制的椅子
让给我坐
靠背上一根突出来的横木
突然抵住我突出的腰间盘
我才明白
我所了解父亲的
还远不及一根木头
而父亲了解我的
又何止于几节骨头的疼痛

和父亲一起除夕夜守岁

两个男人像两块木炭
各自守着炉火半边
煤球块偶尔炸裂，啪地一响
夜色深暗
偶尔有过路的车灯从门缝照进来
像是生活伸进来的一根火柴
一张脸皱纹纵横
另一张脸正在皱纹纵横
一条河流正在接近另一条河流

最后的时光

父亲不知道自己患癌
但我知道
从医院回家的最后一百米
父亲走得非常吃力
父亲说，你去，把沟里的空瓶子捡过来
可以卖一毛五
父亲说，你去，把路边的干树皮捡起来
用来引火非常方便

如果是平时，我肯定会反驳父亲
勤俭节约了一辈子，还是那么穷
但这次，我按父亲的话一一做了
我显得特别孝顺
父亲说，过几天把东湖的地翻翻
开春种几行豆角
父亲不知道自己活不到春天了
但是，我知道

最后一句话

和我大哥说

照顾好你娘

和我二哥说

照顾好你娘

和我娘说

你要好好吃饭

我被堵在了回家的高速路上

一句话堵在了父亲的身体里

火化

父亲被推进了焚尸间
父亲在燃烧
我的眼泪
不过是上空的零星雨点
一个小时，如果是山火
已经失控
如果是烧荒，可以烧出一亩良田
父亲，您是一场火灾
我救不了您
有人说，如果多花些钱
就可能保留骨头完整的样子
我们没有
我们收到的骨灰像一堆木灰
比木灰白

深秋帖

一直以来
我自认为最了解父亲
可是这次
我却错得如此彻底
一夜之间
父亲选择了秋天
这让整个岁月都措手不及
回来的路上
银杏叶挥舞小小的巴掌
不停地扇我耳光
我们把父亲留在了田野

上天吹熄了头顶的灯盏

我在人间每一步

都成了夜路

四周黑漆漆的

站在哪里

都看不见我想找的人

人们藏匿着

大地只留下了我

孤零零的一个人

和这铺天盖地的落叶

擦不得

树皮，筷子，豆腐
银杏叶，八月二十六，去授贤
父亲写在墙上的文字
突然成为天堂的密码
一直以来
我们自认为最了解父亲
可是，父亲走了
留下我们面面相觑
没有人理解这些文学
后面隐含的秘密
这些文字，在墙上
代替父亲活着
一个都不能擦
擦去了，就会像父亲
再也不回来

梦

父亲过世第三十二天
二哥终于梦到了父亲
在淮阴
在一家小旅馆的下半夜
返程路过淮阴时
想去那家旅馆再住一夜
可从下午找到天黑
再也没有找到那家小旅馆

大哥已经梦到多次了
有时梦到还在田地里干活
天都黑了
也不肯回家
有时梦到
双手捂着疼痛的肚子
旧病复发

一切都还和在世时一样
最近的一次梦到父亲
被两个人追打
双手抱头，毫无反抗之力
这让我们面面相觑

我是梦到父亲最多的
只要一闭眼
就经常和父亲团聚
为此，妻子和孩子们
为我准备了安睡枕
轻音乐和维生素含片

坟地

明白无药可医后
父亲希望自己，埋在
那棵枝干繁盛的银杏树下
并且反复交代
坟墓离树不能少于四米
这样，才不会挖断树根

母亲不知道这是谁的坟

母亲说这个坟很圆，不孬
母亲说这棵松树乌青，不孬
母亲说这家烧了这么多纸，不孬

我们故意把车停在父亲的坟前
假装车子出现了状况
让母亲透过车窗，看了一会儿

父亲过世之后
为了避免母亲反复悲伤
我们从未带母亲去看过父亲的坟

新坟

父亲的坟
在一片长满各色杂草的旧墓地
新的突兀
被用旧了的清明
对于父亲还是新的
就像生命中
我们丢掉的旧毛巾
又被父亲重新洗净

大哥把燃烧的纸钱
在四周的坟头都添上一把
父亲是新来的
一生老实巴交
拜托你们了

清明

这一天一定打碎了什么
雨水真的像泪
风是销魂的安眠曲
回来吧，回来

那些高贵的，卑微的
浮躁的灵魂
此刻处于安宁之中
他们都是平等的

那些整洁的，斑驳的
走动的心
贴满往事的标签
仿佛打满补丁的童年

谁在岁月的伤口里撒了盐
才让人们跪了下来
我们都是时间的俘虏
纷纷放下武器
重新选择了爱，或被爱

倒背着手

在村子里走了走
遇到的孩子们我已不再相识
对于故乡
我有二十年的空缺
可眼睛明亮的孩子们却指认了我
—— 多像老丙现
这让我多少感到欣慰
至少有人从我的容貌里
找到了我离世的父亲

独坐草间

如果我的父母在天上
水里应该有他们的倒影
如果在地下
树上应该有他们的嫩芽
可是没有
旧草枯黄，新枝翠绿
所有的植物都高举火焰
我光着膀子
挥斧砍了一棵枯树
尽管，它死在了去年的春天
并在雪地落下干枝
我能做到的，只有这些了
对于一棵树

从你们过世后，父亲母亲
我用足够的耐心
原谅着人间迟缓的事物
包括最后的一无所获

父子

那年，我离家时
父亲正蹲在麦地里吸烟
抚摸着麦苗
我喊了一声，爷，我走了
我好像听见父亲嗯了一声

现在我跪着
和父亲当年的高度相当
当年的麦地如今长满银杏树
我伸手抚摸坟地的荒草
模拟着父亲抚摸麦苗

这就是生活
有时学会一个动作
却要耗尽另一个人，一生的等待

父亲从乡下来看我

从六楼望下去
父亲就像
五彩画布上一滴墨
他在那里旋转
手足无措地
找不到应该着落的位置

从六楼望下去
父亲突然变得很小
小成一个城市可以忽略的尘埃
他浮在那里
浮在门卫呵斥的声波里

我从未想过
从六楼望下去
从一个城市的窗口望下去
在庄稼地里那么高大的父亲
突然变得那么小
小成一个要人呵护的孩子

陪王丙现去晒谷场转转

乡亲们黑黑压压，人声鼎沸
那些一代一代逝去了的
连同一代一代翻晒过的稻谷
曾经一遍一遍覆盖整个晒谷场

农民手拿镰刀时躬身致歉
一面消灭秸秆，一面收留秸秆的骨灰
而他们最终获得土壤的宽容

此刻的晒谷场长满荒草
几个霉烂的草堆模拟历史遗迹
王丙现坐在我从南乡带来的马扎上吸烟
王丙现是我父亲的学名

"他们都叫我王丙现"
父亲用手一遍遍描绘当年的盛况
他把那些不存在了的人
一个一个重新点名，让他们在晒谷场上集合

落日慈悲

父亲没有了，我仍叫三小子
仍以父亲的名义存在
可投在水里的影子
和水里的鱼是两回事
初冬，田野已经如此空旷
父亲和土壤还没有完全融合
还没有把瞭望提供给一株庄稼
这黑白交替的人间
除了一道血迹未干的伤口
仍然没什么两样

黑夜不是白天的影子
白天也不是黑夜的灯笼
黎明和黄昏不过像是楼梯
转折中的两个踏步
让我从墓地完整归来

晚霞如皱纹布满天空
怎么看都像是余生
落日竟然这般慈悲
可是仍然不能归还
我的父亲

四十八岁的孩子

和父亲一起在街头吃了早饭
我还没来得及擦拭嘴唇
父亲已率先掏出几张
皱巴巴的零钱
和老板结账
说两个人
说还有那个正在擦嘴的孩子
老板很错愕
大概是从未见过这般
老气横秋的孩子

现在和父亲一起

走在回家的路上

和来时一样

父亲走在前面

我稍后一些

父子俩仍然很少交谈

一如小时候

父子俩默默地走在放学的路上

大风吹

父亲一直在地里除草
那么多草被风拽走
后来不知去向
那么多风撕扯父亲和他的影子
一阵一阵
拼命地拽着父亲的头发
衣袖，裤脚，想把父亲拽倒
父亲佝偻着腰。被风狠狠揣着腹部
想把影子从父亲的身边拽走。父亲佝偻着腰

记得我所有的童年
一次次跑到地头去喊父亲
一次次看见
风把父亲和他的影子拽来拽去
拖来拖去
直到把父亲的头发拽白
而把影子越拖越黑

风大，吹不走影子
影子很轻
总是随手丢在地上
风拼命地吹
不过是把影子
在一个人的身边埋得更深
直到我现在的这个年纪
像极了当年的父亲

篱笆院

我向父亲讲述这些年来的外地生活
大多的时候，我在说父亲在听
偶尔父亲会把一句话夹在我的话语中间
仿佛父子俩面对面地扎着一道看不见的篱笆
我的话是那些一直排列着的枝条
父亲的话则是不远处就砸下的一根木桩
我们配合默契地一直扎着，扎着
扎着扎着父亲突然停了下来
然后轻轻打响了鼾声。我知道
篱笆墙到了该留下大门的地方了
我把一条毛毯轻轻地盖在父亲身上
仿佛我轻轻关上了篱笆院的大门
阳光温暖地照着，篱笆院里的父子俩

根

从您移居地下，奶奶
这些年，人间的旱涝仍然频繁
您七十六岁的儿子七十五岁的儿媳
昨天还说离您很近
这一点我不担心
我仍然拉着他们的衣襟
和他们走在同一条路上

爷爷去世之后
我们的挽留
让您左右为难了五十多年
此后，人间的枝叶您不再过问
现在您的重孙女一个二十三一个十六岁
都很葱郁。特别是
您的重孙，小犊子身强力壮
简直就是一大片阴凉

奶奶，自从您负责根系
雨水在清明前倒地
此后的梨花不分白夜地开
人间也就一年比一年更加的白了

兑换

把麦子兑换成面
稻子兑换成米
多余的部分充作利息
伯伯
您经营的兑换一直有利可图

后来
您不该
用您五十五年的光棍岁月
兑换（过继）了一个孩子
从此
您的兑换开始血本无归

您用您六十二年的积蓄

兑换了三间瓦房

用您六十五年的视力

兑换了两车彩礼

用您的十万根白发

兑换了一个媳妇

最后您用您一生的光阴

只兑换了一抔黄土

伯伯啊

此后

人间才开始把一年兑换成十二个月

把十二个月兑换成三百六十五天

把天兑换成日夜

把日兑换成恨

把夜兑换成悔

今年除夕
我们又把您的墓碑
木板兑换了青石
伯伯兑换了父亲
把一腔悔恨兑换成了
滔滔的泪水

连会

二哥的网名
突然改成了连会
连会是二哥的乳名
二哥是一个对名字非常在意的人
从五年级开始
除了父母，几乎没有人可以
直呼他的乳名
二哥会真的翻脸
和叫他乳名的人玩命

父亲过世之后
二哥突然把网名
改成了乳名
可他的头像并没有改变
仍然是那个满脸胡须
让人望而生畏的中年男人

豪哥

离开故乡二十三年了
也就是说我已经二十三年不侍弄庄稼了
眼前这个被一帮孩子们簇拥着
叫作豪哥的十一岁男孩
和我对视三秒，说 OK 比赛开始
就把搭在肩膀的毛巾一抖
挥镰收割麦子
我真担心他会割破自己瘦小的脚踝
可是十分钟下来
他已经领先了我
二十分钟不到我就完全溃败于麦地
间隙，豪哥两次纠正了我左臂的姿势

豪哥是我的外甥，乳名贝贝
可他执意要我叫他豪哥

秋后

那年秋后，新扎的篱笆墙
一夜之间
齐刷刷生发了很多新芽
绿油油的。母亲说
不得了，这是燕岭回来了

可没过多久
那些嫩芽还是萎缩了
像停止了生长的孩子
母亲放下水桶
直愣愣地出神

燕岭是我的表哥
自小跟随母亲
早亡于一场疾病

凝望

如果花儿不能次第开放，是多么的悲伤
就像我的三个堂姐，在同一天离乡打工
我那站在桥头的伯母，多像一根
被折断头的花枝。有风吹来也不摇摆

三妯娌

我们在灵堂守灵
大嫂把稀饭端给大哥
和一把煮黄豆
二嫂把稀饭端给二哥
和几根萝卜干
我爱人把稀饭端给我
和一汤匙榨菜
她们的爱如此专注而狭隘
就像世界辽阔
我们只爱着我们的村庄

杀生

杀生时
父亲时常把被杀的鸡鸭抚摸一下
像一种安抚
然后才动起刀子
割断鸡鸭的喉管
吃饭时
父亲又会用筷子
率先夹出一点菜
丢在地上
祭祀死去的命
后来，父亲手把手
把这些仪式传授给我
让我学会了杀生
又学会敬畏生命

星尘

在灯火通明的不夜城
别和我谈星座
所有的星
只有回到乡下才会闪光
才会被人逐一认领

打麦场上的父母
红薯地里的兄弟
小溪流边的姐妹
这些坠入红尘的星子
每颗都是一个家庭
暗夜里的光

时间是液态的
有别于空气和水
太阳转圈烤着王庄村
像烤一块红薯
自从村庄少了年轻人
星光也变得滚烫

天上陨落一颗流星
人间就熄灭一只烟斗
一生的烟灰将在
黎明中消失。回到乡下
我爱每一颗闪光的物体
也爱漆黑的夜，灼热的伤

想家的时候

我用拇指，逐个碰了碰
食指，中指，无名指，小指
好像一个人和一群人的交头接耳

村庄的坟地

一群最懂土地的人
最后都为自己
选择了荒地
而把良田让给了庄稼

每当路过村庄的坟地
我都会放慢脚步
或者落泪，或者叹息
坟地里，认识我的人已越来越多

有时酒醉
在他们中间坐下来
他们都会把自己的坟往后挪一挪
为我让出了一大片空地

回家

我开始着手购买香烛和火纸
计划着回家看看父母
再过几天
就是母亲两周年的忌日
父亲过世的年头久了
想念淡了许多
一如父母生前
电话打通
母亲接了电话
我们的话题就多
聊得就久
如果父亲接了电话
说不上几句，就会挂了

远行

第二天需要远行的人
早已睡了
母亲独自一个人在院子里
推那盘石磨
要赶在天亮前磨出糊糊
烙出最新的煎饼
给出门人携带多日的口粮
后来，每当夜里
有类似呜呜的声音
我都会想起院子里的石磨
和独自推磨的母亲
五旬后的我
已没勇气产生
离家出走的念头
我怕母亲的魂魄
再也推不动
梦里的石磨

写诗

不能再苦了
我用的是处方签
处方的正面有黄连
白芷、半夏、柴胡等
十多种药材

把母亲从手术室里推出来
我就念诗给母亲听
从众多药材的背面
提取少量的蜜来
调剂成药引

可母亲还是过世了
此后的人间
再没有一剂药方
能够治愈我
诗歌的病痛

我们总是活得过于潦草

很多亲戚
再见面时，就老了
在母亲的葬礼上
一张张沧桑的脸
隔着朦胧的泪水
和我相互辨认童年
像一株蒲公英
抱着另一株蒲公英
摇着摇着就分散了

梅雨季节

东南风拉开季节的黑抽屉
云层就倾斜而出
雨水不急不缓
把人间切割成条状物
而世界是分不均匀的
再多的刀子也是徒劳

父亲死后
这些与农事相关的节令
都已和庄稼无关
故乡的良田颗粒无收
天空越来越古老
每一场雨水都是新的

时间让太多的事物狠下心肠

我蹲在老宅的废墟上

如同一头受伤的豹子

在乱刀之中

守护自己最后的领地

如果父亲还活着

该有多好

那时雨水伸出百万根手指

抚摸田野新生的嫩芽

抚摸故乡发痒的肋巴骨

五月入画

艳阳高照
我也不再关心天空
首先画一个弯腰锄地的人
再画一地拔节的麦苗
麦苗里夹杂的草
草尖打开的花

画一棵地头茂盛的树
画出一片浅浅的树荫
树荫里的草帽
草帽边的水壶
水壶里喝到一半的水

只画从前是不够的
现在还要慢慢地涂抹
把最初锄地的人涂黑
涂圆，涂成一座田里的坟
我还要喃喃自语
喊几声，父亲

佝偻

人越老，越懂得谦逊
伺候了一辈子庄稼的人
开始向土地道歉
开始拉紧骨头的弓
把大地的心酸射给天空

失血的村庄

1

还没有一种寂静
比得过沉默的油菜花
一望无际的黄在田野
窒息般弥漫
连野蜂的嗡嗡声也轻若婴孩

傍晚的天空，用一串鸟鸣
缝补村庄磨损的膝盖
老人开始呼喊，油菜花的名字
遍地的油菜花齐刷刷摇摆

三月，总能从记忆里取出
含血的文字，捻成灯捻
照亮关于生命的相框
可油菜花已经偏黄
过于贫血，无力按下岁月的快门
因此生命的底片一直空置
但我知道，只要油菜花开
我就不会沦为大地的孤儿

2

每到春天我就慌不择路
美好的事物都在奔跑
都在摁着我的脑袋攀爬
而春天举着黑洞洞的枪口

一棵扯断过斜枝的树
仿佛折断了的臂膀
裸露出带血的肌肉
又从战栗的边缘发出新芽
宛如正在奋力拔出一把短刀

3

每晚
我都要数着肋骨才能入睡
像一朵棉花数它的棉籽
我没有棉花那么洁白
却要守住棉籽一样的骨头

我和棉花一样
一瓣一瓣由母亲采摘
用布包裹，如同隐藏的火焰
让这时节不再冷风刺骨

我不会再次现身
反复的爱让人厌恶
所以，你只有一次机会
从一见钟情到私订终身

4

清风徐来
杏花也在次第开放
有的已经枯萎
身体收缩
如同迟暮的老人
慢慢低头陷入回忆
有的正在努力开放
像一声含血的惊呼

阳光矮下来
进一步拉长生命的影子
是的，我不能一次次拒绝春风
让一生成为不发芽的种子
双手的老茧
在我的内心仍然日夜增加厚度

我多么希望俯身，就能像母亲
当年捡拾麦穗一样
捡拾起荒野散落的文字
喂养我嗷嗷待哺的余生

搬迁短镜头

新居

两室一厅，三室两厅
一厨一卫，一厨两卫
这些名词在村庄
像兴奋剂泛滥
年轻人兴奋不已
唾液横飞

兴变

我常年卧在土里的村庄
蚯蚓的村庄
被高速路纵向切开
各自卷曲，萎缩

起坟

唢呐仰头向上，辨不清悲欢
一群披麻戴孝的人
把先辈的尸骨重新挖出
带走
如同带走一节
不发芽的树根

我是不是老了

我站在老槐树的背阴处不言不语
槐花不知人间变迁
还在自顾自地开放
在这个白到发苦的午后
突然吹出甜丝丝的味道

归来

1

一条大河自北向南
几十年来没有拐角
一如我直来直往的乡亲
两行大叶杨枝条摇摆
把阳光筛成沙子
或许是我眼中含泪
新修的石桥停顿了一下
就展开双臂
接纳了这个久别的人
我是多么羞愧
年近半百，才活得像个孩子

2

娘比以前更加消瘦
岁月的海水开始倒灌
回声里掺满鳞片和贝壳
太多的承受
生命的堤坝已经无险可守
病痛还在一波一波冲击
每次都有沙子被带走
面对束手无策的孩子
娘还是拨开皱纹的水草
放出笑容里最后的金鱼

3

父亲没有和我谈起收成
土地被开发
建了观景带和银杏园
偌大的村庄找不到一片庄稼
父亲早已习惯了在银杏树下
独自徘徊。他的头埋得很低了
似乎在努力寻找，最终一无所获
路太长，时光的落果已褪尽色泽

4

其实
时间是固态的，无限的大
是我们过于匆匆
就像无序流淌的水和蒸汽
幸好我走的是水路
没有中途隐于土壤
也没在空气里挥发

野芦苇

1

三个听故事的孩子
神情专注，月光从窗缝处挤进来
点亮一段黑夜的内心。太凉了
连灶膛里的青灰也冻得哆嗦
一个母亲，必须在炉火重新燃烧之前
用故事喂养她饥饿的孩子
外面北风正紧，野芦苇发出"呜呜"的声音

2

我没有回头
这是母亲第三次送别她远行的孩子
先是大哥，然后二哥，现在是我

母亲把交给哥哥们的叮嘱
又添加了一些新的交给了我
我不知道哥哥都记住了什么
只记得那天的风把几株野芦苇
反复地吹倒又扶正
不断地发出"呜呜"的声音

3

有村庄的地方总有河流
有河流的地方总有芦苇
那么多芦苇踩着泥泞
一路南下。芦花开了，秋天就深了
接下来的冬天
所有的植物都一声不吭
只有苇叶，在风中
"哗啦，哗啦"，像母亲的叮咛

4

谁能说一场雨
不是一种相思把自己反复撕碎
谁能说一条河流
不是一滴眼泪不停地拉长自己
鲍庄村端坐于沂河的一段
流水至此交出一片最宽阔的水域
让我们练习倒影和沉思
我爱她的浩荡，也爱她枯竭后的泥潭
以及那些挺立在风雪中
一岁一枯荣，顽强的野芦苇

泥泞

雨后，一条小路

怀抱浮尘

就像怀抱久未回家的孩子

两边的庄稼滴着水

不知是汗还是眼泪

游子归来

我和父母之间

隔着一条雨后的小路

放下手里的香烛和纸钱

挽起裤腿

一道一道

每一道都像在挽起一个年轮

我要重新体验泥足深陷

一步一个脚印地走完

回家的道路

单亲

父亲没来过我的新房子
我曾经极力鼓动父亲
哪怕是小住几日
父亲一直不肯
以至于时至今日
就连怀念
也不能把父亲和新房子联系起来
每当我模拟母亲生前的样子
在新房子里走来走去
也让我的怀念
在新房子里
像是一个单亲的孩子

中山装

那个穿着中山装

散步的老人

走路的姿势

和我父亲一点也不像

身高也不像

就连他时不时甩手的动作

也不像

我不远不近地跟着他

默默走了一会儿

我父亲也有一件

深蓝色的中山装

破坝的袖口翻卷着

泛着白

长江

为了说服母亲
跟随我们去昆山生活
我们不断地编织着江南
从四季常青的香樟
到金桂飘香的马路
从华藏寺到第一水乡
当我们提到长江和长江大桥时
母亲终于点了头

列车行驶到长江时
母亲睡着了
看着宽阔的江面
和来来往往的船
我犹豫了一会儿
还是没忍心喊醒母亲

不知道母亲的心里

有多大的遗憾

只记得九个月后

在返回故乡的路上

夜幕下的长江

只有一些隐约的灯火

我告诉母亲，这就是长江

母亲则一直盯着车窗外

一言不发

练习册

后来

每次面对一垄垄的庄稼地

我都想到课桌上的练习册

父母为此工工整整地

写了擦，擦了写

练习了一辈子

依然没有毕业

最终他们的坟

也留在了那儿

像一篇文章还未完成

提前写下的句号

像一次笔误

生前

母亲常替一些沉默的事物
发出声音。比如
替几株被风折断的玉米呼天喊地
替一片倒伏的麦苗
痛哭失声

可当苦难
一次次袭击母亲时
母亲又总是一声不吭

****03 微小的事物 ****

创造时间：2021—04—15 22:36

备注：本章记录了作者在异乡漂泊的见闻，即将超时的订单、出租屋里奢侈的月光、深不见底的夜……

-------------- 其他 --------------

农民工和地图

一圈圈晾干的汗渍
在他们后背形成的地图
边界明显
那些白色的线条富含盐分
对于土地
他们个个都是一把好手
现在他们却背负地图
走在别人的田地上

我也曾是背着地图行走的人
所以每次遇到他们
我都会特别注意那些地图
那些如潮汐退却后留下的盐碱或湿地

村庄和地图

王庄村太小了
小到在任何一张祖国的版图上
都找不到她
那么多庄稼，房屋和乡亲
不见了。消失在那么多
曲曲折折的线条里

但是我知道，她就在那里
就在那一小片空白处
隐藏着。她的坚毅
骨感和温柔。欢笑，呐喊和哭泣
像一首诗里，祖国的留白

农民工和脚手架

太高了，一群人
在密密麻麻的脚手架上攀爬
多像一筐春蚕爬到了草栅上
他们不断收缩的身体
在阳光的照射里接近透明

太高了，他们爬得太高了
以至于我是多么的担心
当他们完成化蝶前的自缚
还有谁能采摘他们
并给予他们筐箩般的春天

聆听

麻雀从来都像
一群孩子
叽叽喳喳没完没了
有时让人烦心
听不到了又很是想念
燕子是姐姐
喜鹊是邻家大嫂
乌鸦是鲁莽的汉子
这些叫声都好比喻

最不愿描述的是布谷鸟
每年都来
每年都不长久
叫上一阵就不见了
所以斑鸠的叫声才会像
一个人，不停地哭

乞丐

一个弯曲成问号的老人
手里捧着的大号铁碗
多像是提笔时
不小心滴落的一滴墨
一处书法的误笔在人间行走
我多希望他手里托着的
是一块巨大的橡皮
只需轻轻一擦，就能擦去

白发

白发如霜是不准确的
霜只出现在太阳之前
白发如雪也是不准确的
再大的雪也熬不过季节
我说的白发
是一辆辆车离开后
那些在村头眺望的白头
就像是谁
随意涂抹的白油漆

拐棍

我们宁愿多跑几百米
去拍老张的肩膀
也不愿拨打老张的手机

老张把一个孩子的声音
设置成来电铃声，手机一响
工地上就爸爸爸爸地叫

我们时常逗老张
"拐棍，你爹打你手机了"
老张并不反驳，低着头像一根拐棍

多年来，我们都以为老张单身
直到一个也像拐棍一样的女人
来到工地，找老张离婚

老张有过一个儿子

淹死在自家门前的池塘里

我有个写诗的兄弟

1

在老家
我和他喝酒
他都要谈到诗歌
每次滔滔不绝
中途，我起身，去了南乡
十年后，我们在街头偶遇
喝酒，一杯接一杯
他一直不说话
我没有打断他

2

我没有借钱给他
几张皱巴巴的票子
被我在衣兜里攥到更软
他的脚步有些凌乱
更加凌乱的落叶
不停地吹打到他脸上
我说：不行就别走了吧
他没应答，甚至没有回头

3

凌晨一点
他给我打来电话
说我给你朗诵一首诗吧
我说：没事吧你
他突然大笑不止
城市的夜晚安静得要命

4

聚餐的时候我说
我有个写诗的兄弟
他们都跟着起哄
说：来，为我们写诗的兄弟干杯
我说：你们就是一帮兔崽子

两根电线

一根落满了叽喳不停的麻雀
一根只落着沉默的一只
我多么希望那只麻雀飞过来
和这群麻雀落在一起
或者有麻雀飞过去
和它落在一起
我等了好一会儿
两种情况都没有发生
忍不住大喊了一声
所有的麻雀一哄而散

广场

想必每晚都是这样
宽阔的广场
热热闹闹的广场舞
映照在数十盏
明亮的路灯下

想必每晚都是这样
这个身穿橙色工作服
扫马路的清洁工
时不时停下来
往广场上看看
她是唯一的观众和绿叶

而我只是路过
电瓶车带着我
从她和她们之间穿过
像命运从夜里划过的一道黑线

低处的鸟

这些树苗实在太小了
一只鸟落在枝杈上
低于我的肩膀
我驱赶它
并指着远方的树林给它看
它却总是从一棵跳到另一棵

孤独感

太阳和月亮
都太孤单
总感觉他们一轮一轮地
都像在寻找
又总是错失于擦肩
总想他们最好的状态
应该是相依相伴
白天太阳亮着
月亮默默陪伴
夜晚月亮亮着
太阳就在身边暗下来
就像两个人在一起
一个人说话时
另一个人安静地听着

过瘾

我用糖水
在地上写了一个感叹号
没过多久
很多蚂蚁就组成了一个活的感叹号
我又用糖水在不远处
写了一个问号
问号也活了

一个下午
我不断地组合着
有时让它们先感叹后疑问
有时让它们先疑问后感叹
让它们为了一点甜
听命于我
反复模拟我忙碌的青春

麻雀落在雪地上

聪明的鸟儿都去南方越冬了
蛇和青蛙也学会了冬眠
只有麻雀
还固守着老村庄
像为数不多的老人和孩子
它们淡然依旧，没有记恨岁月
曾经给予它们的
石子和弹弓

一只雪地里的麻雀
跳两下就低一下头
跳两下再低一下头
像一个地主
许多年过去了
依然频频脱帽
给路过的乡亲致敬

幸福的味道

商场里
一个老人对着手机微笑
视频里一位年轻的妈妈
正在教一个牙牙学语的孩子
喊姥姥

孩子每叫一声
老人就笑一下
周围的其他人也跟着笑一下
好像孩子叫的不是一个人
而是所有人
孩子的叫声里有一种奶糖的味道
连空气都弥漫着一种甜

斜坡

每次喝空的饮料瓶
我都不会丢在路边的斜坡处
而是放在平整的地方
留给弯腰拾荒的人

我曾经就是拾荒者
而我半身不遂的母亲
也曾在斜坡摔倒
加重了病情

人生中斜坡太多
唯有善念始终保持着一小块平地
尽管我的胸口那么小
仅仅只够站稳一只脚

百花园

张桃花，赵梨花，王桂花
这群头发花白的绿化工
大都有一个花的名字
清晨，一个站在露水中心的人
在点名。每喊一声
一朵花就应声开了
点名人一声一声地喊
一会儿，就把一大片花朵
喊满了秋天

保姆

她说她在老家
也给母亲请了保姆
见我感到困惑
她进一步解释说
她在这里给别人当保姆
一月八千
老家请的保姆
一月四千
既照顾了母亲又赚了钱
她又说
我会像照顾母亲一样
照顾这里的雇主
我相信她是一个好的保姆
也相信她是一个好的女儿

她多像我的姐姐

那个穿橙色工作服的清洁工
斜靠在墙角睡着了
扫帚抱在怀里
有鼾声如隐约的雷
而朝阳从车来车往的缝隙处斜射出
一道道闪电
把她沟壑纵横的脸颊
照如战壕
我多想变成一面墙
在她身边矗立
可我只是一阵风
在墙的夹角处
完成一次急速的转向

村庄的银杏

深秋
银杏树锤炼出岁月的金子
交给疼爱它的人
如果长在后村山坡
就会被系上红绸
接受跪拜
那里靠近庙宇

这里是广袤的田野
数不胜数的银杏树
从不吝惜金黄的叶子
从不在乎树下有没有人
只管自顾自金黄
自顾自落叶
直到只剩下光秃秃的树枝

无题（二）

路灯昏暗
雪花凄凉
清洁工大红色的羽绒服
在黎明之前显得扎眼

装苹果

那些年在苹果园打工
我总是把大一些的
光鲜一些的苹果
装在箱子的底部
我希望买走苹果的人
逐渐露出喜悦的表情
希望一个陌生人
快乐的伏笔
和我有关

找工作的女孩

这一群女孩跳下车
就像落下了一树
叽叽喳喳的麻雀

这一群女孩跳下车
就像一万把镰刀跳下了车
就像一万顶草帽跳下了车
就像一万缕阳光跳下了车
就像一万只水壶跳下了车
就像一万亩庄稼跳下了车

这一群女孩跳下车
让城市的街头
突然就到了收割的季节

她有个和我同龄的孩子

只要心里有水
再小的池塘
也会成为大海
八十五岁的二老太
在村后的水坑
已经打捞了几十年

每年忌日
二老太就会用一根竹竿
不停地制造波涛
督促她六岁的儿子
上岸回家

每当遇到她

我就不停地擦干

潮湿的眼眶

不让泪水掉下来

我怕每一滴泪水

都会成为

推波助澜的帮凶

你不知道我多爱生活

早餐的露水
中午的光线
黄昏的晚霞
夜晚的月亮
凡是生活里闪光的，我都爱
我的爱如此泛滥
像大雨后的水流
带着盲目的慌乱
直到遇到你
才让我明白
我所热爱的
仅仅只是热爱你时
需要必备的前提条件

无题（三）

窗外的草木
蹚了一夜的路
才来到这里
个个浑身挂满露水
接过阳光递来的毛巾
沾着微风擦拭头发
它们在中午微微打蔫
稍作休息
接下来还要打起精神
赶往下一个城市

和草木在早晨相逢是多么幸福
当你在微风中叫出草木的名字
草木纷纷向你挥手
假装它们一直就在那里
丝毫不提及漆黑的夜路
和劈头盖脸的露水

抽烟的男人

一个男人
点燃了自己的引信
他皮肤黝黑
太阳晒出了他
身体里的铁
他蹲在一堆乱砖上
让自己变得更圆

他接了一个电话
儿子不愿意读书
要出来和他一起搬砖
这让他的身体
一瞬间塞满了炸药

他一根接一根地吸烟
直到露水把他变湿

数字

一个在街角抹泪的人
揉搓着一张假币
细数一堆红薯里的阳光
雨水和风霜
有人愤怒，有人同情
有人斥责
我只是表情中的另一种
她不是我的母亲
只是哭泣时的神情
满脸皱纹和白发
同我母亲极为相像
收到的假币也极为相像

这一张假币
被这位老人举着
压弯了她的腰椎和双膝

看戏

她独自在舞台中央
哭哭啼啼
那么多人却在幕后摆弄乐器
为她的哭泣配上和音
把她的痛苦推上高潮
一层布把她和他们隔开
分出台前幕后
这很奇怪
那时我问过母亲
母亲除了陪着主角落泪
并没有做出回答

清白

去掉颜料，线条
和文字。一幅画的真相
不过是一张纸。就像
去掉过往，屈辱
和颠沛。一个人
只剩下了一堆骨头

清白有很多种
白纸是一种，白骨是另一种

苹果

兄弟们
紧闭的嘴唇
和石榴不同
他们没有那么多
晶莹的想法

姐妹们
泛红的脸颊
和桃子不同
她们没有那些
多汁的绯闻

等和等不同
当我远行归来
久等的苹果还在果盘
皱纹密布，已经收缩
像一个老人抿住了嘴唇

土豆

出了趟远门
返回家时
案板上的土豆
已经发芽
生活给了土豆
反思的时间
让它们萌发出新的思想

这些土豆
被我分割成一个个牙胚
重新种进花盆
"发了芽的土豆是有毒的"
但是我有足够的耐心
和土壤
等着它崭新的下一代

竹子

剔除了血和肉
一天一天
把骨头往高处拔

作为植物，一年一年
把省略了的枝枝蔓蔓
都锤打成了身体里的节

钢卷尺

我曾一度对钢卷尺着迷
它那么那么的胆小
手一松就缩回去
手一松就缩回去
后来我才明白
它的体内布满了刻度
怕被大家揪住不放

野花

所有的野花
都开得那么随便
在阳光下开
在风雨里开

站在高处的，春风得意地开了
被踩倒了的，歪歪扭扭地也开了
野花们就这么开着

就像那些留守的孩子
几年不见
随随便便就长大了

括号

（ ）
我一直认为
它的弧度，是被文字
左冲右突，撞出来的
括号里的人
四处游走
四处呼救
四处碰壁
最终，也只是
将括号撞得宽了<u>些</u>，大了些
以便增加备注细则

逗号

不小心摔了一下
手机屏幕留下了一个擦不掉的黑点
像一个逗号
每次阅读消息总想在那里停顿一下

你，要记住
不，要吃凉饭
不，要太熬夜

这些突然出现的停顿
让生活多了一点沉思
一些亲情富含了画外音

一个逗号
仿佛马路上的减速带
多么美好。一个逗号
像生命突然多出的关怀

记录

白纸上有水
黑字是石头
一块块石头露出水面
就形成了路
路上走着好人
也走着坏人

优惠

三叔病故后
租用了冷棺
由于顾及在外打工的人
可以及时返回
葬礼推迟了五天
赶上中秋假期
也由于日子延长
冷棺的租金
从每天两百元
优惠到每天一百五十元

山洞

大山并不是铁石心肠
时常也会留一个心眼
以便收留走投无路的生灵
和临时避雨之人

漫山遍野的木头也一样
羽翼未丰的雏鸟
从树洞飞出，踉跄一圈
又一头钻进洞中

万物皆有慈悲之心
土地掏空自己
给死去的命
一年一年留下我们的亲人

看似密不透风的岁月

预留了节日给我们

让我们流泪

让我们把自己掏出一个洞

记忆

鱼的记忆只有七秒
而杀好一条鱼
却需要几分钟或者更久
我无法感受鱼
是如何将那些刮鳞剖腹的痛楚
以七秒的记忆
一节一节遗忘的

我有慈悲之心
却无菩萨之胃
只能一条一条地买鱼杀鱼
把我的刀法练到娴熟
让杀鱼的时间，一短再短
就像一段段历史中
那些被一笔带过的战争

路过

光膀子的杀猪人
前胸后背各有一尊
观音的文身
杀猪人每次弯腰拿起屠刀
前胸的菩萨
就会双手合十
跟着鞠躬一次
而他后背的菩萨
就会仰面朝天
对一切视而不见

卷书

书里人的气节，骨头
也不得不卷曲
在我的手指间
我若继续用力
就会有骨折的声音

我是那么的不甘心
奢望于十指
能把忠奸从一本
是非分明的书籍里
挑拣开来
最终又不得不用力
把他们一同抓紧
卷曲成适合我手握的姿势

开会

当年开会
台下广大贫下中农妇女们
几乎人手一只鞋底
我一直认为
我们稳固的江山
肯定和那时沙沙的
纳底声音有关
和用力拉紧的一针一线有关
和我母亲有关

仙人掌

这些仙人们
伸出的手掌，执着而长青
像永恒的春天
却又让人无法握紧

好多年来
依然只适合盆栽
适合窗台，院落
不凋谢的风景

花瓶

明明是易碎品，却被用来插花
我历来鄙视这种制作
让两种互不相干的事物
建立起莫名其妙的关系
总是占据着最醒目的位置

那一支支迷失归途的花骨朵
我宁愿看见她们在泥泞里
在风雨中，泣不成声
也不愿在透明的玻璃器皿里
看到她们裸露着新鲜的伤口

每次走在灯火辉煌处
那些炫目的花瓶都让我用挥斧之心
我对花怀有根深蒂固的情结
以前是我爱恋的姐妹
现在是我揪心的女儿

空瓶子

你比我们更懂得
终究是，一场空
所以你总能提前放空自己
提前进入静态

我替你撕去商标
替你容纳辛辣和火焰
现在你已经透明
并在风里产生回音

无论我在人间如何摇晃
都做不到像你一样光滑

我真的不如你啊，兄弟
一生如此坦荡
要么把盏言欢
要么碎出一地的刀子

一只粗瓷碗

一只粗瓷碗
保持了黄土最初的颜色
在人间行走
从徐州到饶河
被爷爷高举
从村头到庄尾
被奶奶高举
装过雨水，雷电，风沙
眼泪和呐喊

一只粗瓷碗碗口朝天
更多的时候，它空着
敲一敲
它就做出回答
身为一抔黄土
要高过从黑发到白头的岁月有多难

有一天，它突然反身倒扣
把曾经高举过它的人扣在里面
一只粗瓷碗
来自于黄土，最终回归黄土
重新容纳了草们的踩踏
和蚂蚁的啃噬
现在，它是那么的安详
宁静，荒凉。易于抓捧

露水没有落下来

推开窗
和一滴叶尖的露水对视
就像和一只含泪的眼睛对视
就像和一张脸对视
和一声呼喊
一场痛哭或一个拥抱对视
我等了很久
直等到太阳高照
万物色彩斑斓
露水却慢慢地消失了
如同一个人一声不吭
忍住了眼泪，在人群中
渐渐远去

大海（二）

我见过比海浪更加汹涌的
是风雨中的塑料大棚
它们呼啸着，一浪高过一浪
裸露出的弧形棚架
像是大海的骨头
我还看见
蹲在骨头内部一言不发的男人
像一块潮湿的石头
而那个哭喊的女人
更像是一头受伤的海豹

在王庄村

我是见过大海的少数人

我为我曾经站在海滩的欢呼感到羞愧

如果可以重来一次

我愿意像那些茄子和辣椒

被海浪拍打

愿意承受一株蔬菜

一生的战栗和无言

如果人类都千篇一律

一个人看天，人人都看天
一个人走路，人人都走路
一个人鼓掌，人人都鼓掌
一个人哭，人人都哭
一个人笑，人人都笑

一个人想爱一个人
却发现无人可爱

伤口

还有什么花，比得了桃花
背负诸多莫名的罪责
却从不曾辜负季节

还有什么果实
比得过桃子，更像一颗心
渐渐地红了

还有什么树能像桃树
会用伤口治愈伤口
治愈我们手足开裂的童年

麻雀

刚刚还在敲着窗子逼问
有没有掏坏它的鸟窝
少年时的旧账
如今被找上门来
但我不愿承认
不想几十年的乡亲反目成仇

一棵树

一棵长在树林外面的树
歪着脖子
扭头往树林的方向看

风拽着一棵树的枝叶往一边去
就像什么人使劲拽着了一个孩子的头发
一棵树歪着脖子往树林的方向看

天已经就要黑了
可树林里还是没有一个人
喊它

食指

小指表示轻蔑
拇指表示赞美
中指表示愤怒
无名指索要戒指
这些指法操作简单
表情单一，可以按下不表
让我刻骨铭心的是
她
的
食
指
后来指着我的鼻子
接着戳着我的脊梁
朝着她食指的方向
最终我不再回头

迟疑

麻雀一定是感激
雪后撒出谷粒的人
你看它吃一口抬头看看
吃一口抬头看看

我很庆幸童年的一次迟疑
没有拉动手里的绳索
绳索拴着的小木棒
小木棒支着的笸箩

我很庆幸曾经
看到过一副，幸福的翅膀

慈悲

对于人类
牛羊是慈悲的

对于牛羊
草木是慈悲的

对于草木
大地是慈悲的

对于大地
死去的命是慈悲的

阳光下

当我经过凌乱的工地
阳光照耀着砖头
黄沙，水泥。也照耀着我
当我经过整齐的大街
阳光照耀着玻璃
徽章，匾额。也照耀着我

你看，无论我出现在哪里
阳光从不把我单独挑出来
让我出去
或者等在那里

阳光下
我和所有的事物一样
被温暖着，并反射着光

晶莹

我喜欢在一本书里
让好人复活
我有这个能力
把生活往前翻
读他朝气蓬勃的青春
无忧无虑的童年

故事总是把苦难
灾祸，疾病，死亡
通通安排给了好人
让好人颠沛流离
却让坏人春风得意

我有这个权利

把一本书倒着看

翻越好人凄苦的章节

就像越过颗粒无收的田地

把每一个坟茔

倒置成高悬的水滴

朗诵

我朗诵一首诗给母亲听
因为是我写的
母亲就认为是最好的字
因为是我读的
母亲就认为是最好听的声音
母亲不知道
我把诗里的母亲都读成了娘
我这样朗诵道
祖国是我最伟大的娘
娘就是我最伟大的祖国
不识字的母亲明白
娘是天下最好的称呼
而祖国是天下最好的地方

美好人间

与一只野兔在麦田偶遇
野兔高举双耳，一动不动
用警惕和我形成对峙
我尽量保持稳定
并慢慢后退。直到我们
从对方的视线里彻底消失
我用行为告诉一只野兔
这世间
有些偶遇并非意外
有些人，并无恶意

后 记

外卖大哥抬头看见月亮

　　外卖大叔王计兵 51 岁，出生于一个极度贫困的苏北农村家庭，初中辍学，外出打工，人生辛劳零碎。当他骑着电瓶车，在车流中穿梭送单时，你很难看出，这是一位写有近 4000 首诗歌、发表多项作品的诗人；而这位诗人说，艰难的生活里，诗歌是那陡峭的另一面。

赶时间的人

　　骑上电瓶车，诗就消失了。

　　外卖员王计兵把车骑得飞快，脑海里只剩下地名。

　　空气在耳边呼呼作响，风像刀子一样打在身上。刚因爬楼汗湿的衣服又被吹干，让他直发冷。遇上红灯，他毫无顾忌地穿了过去——这很危险，而系统规定的送达时间在催促他。

　　这段手握车把的路程，就是送餐途中王计兵能控制的全部了，可作用微乎其微。一次，他同时接了 5 单，末尾一单的商家出餐慢，只给他留下 19 分钟。最后，他有 4 单超时。

　　超时意味着罚款，甚至是停单。王计兵经历过一次，起因是两单的地点间隔着一条江，而系统显示的距离是 500 米。他绕了 12 公里的路，超时 38 分钟。第二天，他被限制接单，还要去指定的学习点学习，内容是"迟到这么久是一种错误"，以及"这会给平台造成什么坏影响"。

挨骂是家常便饭。有的店出餐慢，老板被催急了还发火："不就是个送外卖的？你爱送不送！"最严重的一次，他被 30 来岁的男性顾客抓着衣领，从东墙拽到西墙，在屋里转了一圈。

外卖员没有投诉的权利，遇到这种事，他只能憋着。有一单，顾客说错楼号，王计兵白跑几回，一身是汗，让顾客加微信、发定位才赶到。顾客劈头盖脸地数落："你是怎么送外卖的？"

当晚，他写下《赶时间的人》，记录外卖员的生活常态：

从空气里赶出风

从风里赶出刀子

从骨头里赶出火

从火里赶出水

赶时间的人没有四季

只有一站和下一站

世界是一个地名

王庄村也是

每天我都能遇到

一个个飞奔的外卖员

用双脚锤击大地

在这个人间不断地淬火

王计兵皮肤黝黑，下垂的眼睛笑起来时，眼角爬上几条皱纹。已经是可以"享福"的年纪，同龄人用空闲时间跳广场舞、遛弯，而他为缓解家庭的经济压力，在兼职送外卖。

一家人已在江苏昆山生活18年。六年前，得知积分入学制度，他和妻子背上贷款，在昆山买房，头一回交了社保，但儿子还是没上成公立初中。别无他法，他把儿子送去一所国际学校。那里，绝大多数孩子来自富裕家庭，王计兵找儿子谈心："我没人家那么大的本事，赚不来那么多钱。"

国际学校的学费，和二女儿的高中学费、住宿费加起来，一年十几万的费用，让家里不堪重负。经营着的小超市也不景气，一个月进账2000元，还要扣掉房租、水电费。店铺和房子被抵押出去，家里勉强能还上每月的贷款，但每年都在借钱。

一年多前，刚决定送外卖时，家里人都反对。大女儿已经嫁人，在电话里哭得惊天动地，"你要多少钱？我给你钱！"女儿家的日子也不宽裕，他安慰她，"我在家里闷，骑车出去玩"，还在路上拍花花草草的视频发过去。

刚开始，送外卖的确像旅游。看见风景好的地方，王计兵就停下车，花十几分钟转悠一圈，写写诗，一天下来只跑十多单，赚几十块钱。现在不一样了。一旦开始，送单就是当前最紧要的事情。最多的一天，他送了48单；每单的配送费是4到8元，靠送外卖，他一个月能挣五六千。

今年6月，王计兵和他的诗歌在网络上引发关注，"外卖小哥是作家协会成员"。网友评论《赶时间的人》："真正属于劳动者的诗歌。"

媒体蜂拥而至。最多时，他一天内接受了三家电视台的采访。那天，为方便记者拍摄送外卖的状态，他刻意选择更安静的路线，车骑得比平时慢一半，以防他们跟不上。

走红后的生活没什么变化。写诗不挣钱，每首诗的稿费一般也就三四十元。仅有的好处是，他的诗歌吸引来名家点评，还在一本国家级刊物上发表了。

现在，王计兵依然每天五点半起床，出门看管自家的小超市。最近天明得晚，街灯还亮着，路上安静，他一抬头，看见夜空上的一弯月牙和一粒星，为此写了一句诗：

月亮是人间的一处漏洞

所以夜从来都黑得不够彻底

六个小时后，他就会骑上电瓶车，忘掉诗歌，跑单直到夜晚。回家已经十二点多，他会在那时吃完夜饭，上床睡觉。

"这一辈子为什么要这样？"

王计兵的生活，在辗转打工中度过。第一份工作在沈阳，工钱一天三块五，内容是用羊角锤起出旧方木里的钉子，再把钉子取直。

那是 1988 年，他 19 岁，三年前刚从初中辍学。工地的电锯声震耳欲聋，工友大都三十出头，凑一块儿下象棋，打扑克，谈论女人。

他融不进去，阅读、写作成为唯一的消遣。每天收了工，工友去公园玩，王计兵就坐在附近的书摊旁，读杂志里的短篇小说。他读到三毛，读到她在沙漠里，把轮胎做成椅垫。好奇坐在上面的感觉，后来每回看到修车摊，他都会讨要废弃的轮胎。

1990 年，王计兵回到江苏老家，开始帮着父亲，在村里的沙河捞沙。

父亲的捞沙船，简易到像块折起来的铁皮，不能坐人，一年到头，他都泡在水里。河里全是流动的沙子，人一走动，更多的沙翻腾起来。每天刚一下水，四肢都被打得发痛；捞完一船沙，身体就变麻木，再没任何感觉。一船能装一吨多沙，三船能装一车，他一天能捞三车，共卖九元。夜晚躺上床，手和脚都痛得像火烧，往外渗血。

那是一生中最迷茫的时间。他想不通，"这一辈子为什么要这样？"

情绪是食粮，阅读、写作就是储粮的仓库，防止他年轻的身体被撑爆。他把父亲给他买毛衣的钱拿来买书，又模仿书里的手法写作，记录身边的人和事。

干活时，他随身带支圆珠笔，放在内袋，没有别在胸前的原因是不好意思。他一个农民，"挂一支笔在身上，装什么"，毕竟"那是文化人身份的象征"。

捞沙休息的间隙，有了灵感，他就把句子写在纸上、手上，甚至是装午饭的袋子上。最"疯狂"的一次，他脱下身上的黑白条纹长袖衫，在白条上写，密密麻麻，写满两个袖子。

写得多了，也会想被看见。1991 年，他尝试投稿，陆续发表十多篇微型小说。

这是一个很大的鼓舞。那以后的白天，他继续在河里捞沙，其余时候，都窝在自家桃林的一个小屋里创作长篇小说，连续八九个月。桃树开了花，桃林又落了雪，一向支持他文学爱好的父亲开始担心了，怕他着魔，几次喊他回家，他不乐意。

十一月的一天，捞完沙，王计兵照例先回桃林，但小屋消失了，变成地上的一堆泥土和秸秆。他跑回家问父亲，父亲承认自己拆了屋，至于稿子，只说没看见。

王计兵蒙了，一点点翻看小屋的废墟。不远处的沙坑里有些新土，他用锹挑开，发现里面有一大堆灰烬。他知道了，稿子被父亲烧了。他用手誊写的、摞起来几十厘米高的、20 万字的稿子，变成了一堆灰。

那一瞬间，"好像自己建的房屋被推倒了，突然无家可归"。回家之后，他和父亲再没说起这事。但有两个多月，他在家一言不发，直到母亲掉了眼泪，"他也是为你好"。

父亲的一把火，烧掉了王计兵的稿纸，也烧掉了他发表文章的念想。1993 年，和妻子一道，王计兵再次外出打工，去新疆砌过土坯，去山东开过翻斗车，又在 2002 年来到江苏昆山，居住至今。

初来昆山时，身上只有 500 元。夫妻俩摆地摊、捡废品，卖一块钱一双的袜子、手套，蹬着三轮走街串巷地卖水果，终于开起一家租书的小店。一年多后，又因为无证经营失去一切。

没地方住了，他从工地上找来废弃的木桩，打到河床里，再钉上木板，在河面建起一个小屋，用作住家和店铺。他们在地上铺好褥子，一家五口睡在废弃家具改造而成的货架下边。

用作屋顶和四壁的帆布在风雨天里飘摇，附近好心的老太太担心他们，从对面的楼上拿手电筒照。之后几年，为了攒本钱，夫妻俩把从前的活计重做一遍，直到 2005 年，开起一家小超市。

十来年间，王计兵持续地写作，稿纸是路边捡到的烟纸壳、卖水果的纸箱和烧饭点火用的纸张。每有灵感，他就记录下来，有时是几个词，有时是几句话，但写完就丢。最长的作品是首打油诗，他从自己的出生写起，一直写到开翻斗车的当天。二十多页纸，最后都扔进做饭的炉灶，烧了。

后来他接触到电脑，创作的诗歌才有了保存的地方。论坛给他"说话的机会"，热心人给出指点，少数人提出批评，他一一回复，表示感谢。

吃着网上的"百家饭"，王计兵的诗歌慢慢"长大"。

诗歌的悬崖

随着王计兵的走红，这些"长大"的诗歌似乎真的被看见。此时距他首次投稿，已经过去近三十年。

孕育他写作念头的故乡邳州，早已改头换面。这个江苏北部的小城，如今以银杏闻名。已是深秋，银杏树干笔挺，金黄的叶瓣落满地。最近，他刚在这儿待了一个多月，照顾偏瘫的母亲。

几十年过去了。从前捞沙的河，被规划为风景区，里面再没有沙；从前写作的桃树林，也变成大片的银杏。村里的人换了一茬又一茬，很多年轻的面孔，他都不再熟识。

他上新闻的消息传回村庄，一些平日关系寡淡的村民觉得他有本事，遇到问题，就向他讨主意，而他能做的仅有聆听，为此生出一点愧疚。

每次回家，王计兵都为故乡的改变而失落。他常独自信步至未被拆除的老房，或者曾经麦浪翻滚的田野，安静地坐着发呆。

他还记得，小时候家里穷，没有吃的，在一个春天的夜，父母来到自家麦地，偷偷割下还没成熟的麦穗，磨成青糊糊，在锅里煮着吃。为了保全尊严，第二天，这对四十出头的父母又去地里晃荡，佯怒吆喝，"麦穗头被谁割去了？！"

两年多前，他的父亲去世了。风水先生选中的坟地，正是三十多年前偷割麦穗的位置。他对父亲烧稿纸的怨，早已慢慢化为理解，因为"孩子痛苦的时候，父母肯定更痛苦"。

如今回家，王计兵会独自坐在父亲坟前，跟父亲絮叨，告诉他这里发生的一切，或者读几首诗。坟地藏在银杏林深处，就算哭喊，也没人听得到。安静的林子里，只有银杏树叶在沙沙地响。

采访时，王计兵的语气始终没有大的起伏，直至聊到父亲的坟，他哽咽得说不成话，沉默几秒才缓过来。这一生里，除了因为父亲，他几乎不哭。

"太多的往事如鞭子，都曾经把我的内心打出伤痕，让我时不时回过手来抚摸，感受一种结痂后的痒。"他曾写。

阅读、写作，就是那只抚摸伤口的手，这种"痒"让他舒心，为他筑起一块生活的隔板，隔开现实与文学。

在现实里，他话少，少到有人当他的面对他妻子说："他整天话都不说，你能受得了吗？"而在文学的世界里，他可以不受约束地哭与笑，"好像是我性格的弥补"。

现在，王计兵 51 岁了，记忆力衰退得厉害，老是提笔忘字，有时写一首诗，好几个字都得打拼音。但他相信，自己会一直写下去。

"人生是立体的。"诗歌在告诉他。

他说，如果人生是豆角，诗歌就是那根供藤蔓攀缘的竹竿，"苦难只是其中的一面，它可能是烂掉的一面。还有另一个华丽、光鲜的面——诗歌就是那一面。"

送外卖的间隙里，他还在写诗，有时一天写几首，有时一周写一首。来了念头，他就趁等红灯，或在电梯，记几个关键词在手机里，等闲下来，再把词串成诗。

每次捕获满意的灵感，他都会有种兴奋的战栗。最近一个这样的时刻，是几天前，他骑着电瓶车，缓缓爬上一个斜坡。

这像极了所有普通人都会遇到的瞬间——生活艰难，每一步都要拼尽全力，才能向前。而王计兵有诗，如同陡峭的悬崖，带他飞翔。后来，他写下的句子是：

生活像一面斜坡

诗歌是陡峭的另一面

撰文：郑可书

文章原载于"真实故事计划"